꼬꼬야 울지마!

왕따 마영포

2

샘의 인성동화 시리즈 3 왕따·우정 편

왕따 · 학교폭력을 극복한 우리들의 이야기!

꼬꼬야 울지마!
왕따 마영포

제 2 권

이석선 지음

목차 꼬꼬야 울지마! 왕따 마영포

제 2 권

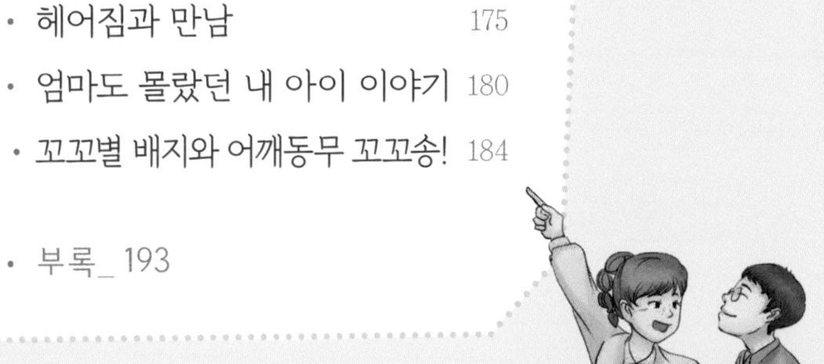

노란 희망

주말에 시골에 계시던 할머니가 찾아오셨다.

"아이구, 내 새끼. 얼마나 보고 싶었는데…."

할머니는 영포를 끌어안고 자신의 볼을 영포의 볼에 비볐다.

"어미야, 여름방학이 되면 영포가 시골에 내려온다고 기다렸는데, 애비는 곧 데려온다면서 말뿐이니, 내가 농사일이 바빠도 영포가 많이 보고 싶어서 이렇게 보러 왔다."

"어머님, 이제 영포 어릴 때처럼 방학 때 시골 가서 놀 시간이 없어요."

엄마가 새침한 표정으로 말했다.

"아니, 영포가 아직 초등학생인데 애가 아니고 어른이란 말이냐?"

할머니가 기분 나쁜 표정으로 쏘아붙였다.

"그런 뜻이 아니고요. 도시에서는 영포 또래 애들은 방학 때 노는 애들이 없어요. 학원을 몇 개씩 다니고, 방학 때 오히려 더 바쁘단 말이에요."

엄마가 냉랭하게 말했다.

"애가 공부한다고 못 온다니 내 할 말이 없구나. 그렇지만 방학 때 며칠만이라도 보내주려무나."

엄마는 아무 대답도 하지 않았다.

"할머니, 저 이번 겨울방학 때는 갈 수 있을지도 몰라요. 아빠가 약속하셨거든요. 그런데 성적이 올라야 한다는 조건이라서… 쉽지는 않을 거예요."

영포가 풀이 죽은 모습으로 말했다.

"쯧쯧! 저 어린 것이 방학 때도 마음껏 뛰어놀지도 못하고 종일 공부만 해야 한다니…."

할머니는 안타깝게 영포를 바라보았다.

"근데 어머니, 저 박스는 뭐예요?"

"아, 저거, 병아리야. 영포가 시골에 살 때 병아리를 너무 귀여워해서 내가 한 마리 가져왔다."

"예? 아니 어머님, 병아리는 계속 자랄 텐데 도시에서 어떻게 길러요?"

엄마가 난처한 표정을 지었다.

"그러니까 딱 한 마리만 가져오지 않았냐? 한 마리 정도는 어떻게 키울 수 있을 거야. 영포가 병아리를 좀 좋아했냐?"

엄마는 더 이상 대꾸하지 않았다.

"야호!"

영포는 바로 뛰어가 상자 안을 들여다보았다. 기분이 날아갈 듯이 좋았다. 노오란 병아리가 귀엽게 날갯짓을 하고 있었다. 영포는 상자와 함께 병아리를 방으로 가지고 들어왔다. 모이와 물을 넣어주자 병아리가 콕콕콕 모이를 찍어 먹었다.

다음 날, 햇볕이 좋았다. 영포는 병아리를 손바닥에 올린 채 집 밖으로 나갔다. 놀고 있던 동네 아이들이 병아리를 보고 우르르 몰려들었다.

"영포야, 병아리 어디서 났는데?"

한 아이가 물었다.

"시골에서 할머니가 가져오셨어."

영포가 의기양양하게 대답했다.

"이것도 학교 앞에서 산 것처럼 며칠 지나면 죽는 거 아냐?"

"아니야, 이건 그 병아리들과는 질적으로 달라. 이건 진짜 어른 닭으로 크는 거야."

"정말?"

아이들은 신기해하며 호기심이 가득 찬 눈으로 병아리를 보았다. 학교에서 왕따를 당하던 영포는 병아리 때문에 동네 아이들에게 조금씩 관심을 받게 되었다.

그렇게 어느덧 시간이 흘러 방학이 끝나가고 있었다.

"꼬꼬댁, 꼬꼬!"

이제 덩치가 상당히 커진 꼬꼬가 엄마가 채소를 심어 놓은 화단을 헤집었다.

"영포 아빠, 저 닭 어떻게 좀 해봐요. 이제 커서 여기 놔둘 수가 없어요. 팔아 버리든지 해야지 원…."

영포 엄마가 닭을 쳐다보면서 신경질을 냈다.

"알았어, 하던 일을 좀 처리해 놓고 방법을 연구해 볼게."

아빠가 엄마를 달래는 투로 말했다. 사실 아빠는 닭을 처리할 생각이 전혀 없었다. 닭이 온 후로 영포의 표정이 훨씬 더 밝아졌고 생기가 넘쳤기 때문이었다.

오후가 되자 닭도 지쳤는지 그늘에서 조용히 눈을 감고 있었다.

그때 커다란 그림자가 담 위로 슬그머니 드리워졌다. 담을 훌쩍 넘은 그 무언가는 닭에게 소리 없이 접근했다.

"야…옹, 캬."

도둑고양이였다! 고양이는 순식간에 닭에게 덤벼들었다.

"꼬꼬댁…!"

닭이 공중으로 뛰어올라 가까스로 공격을 피했다. 고양이와 닭이 싸우는 소리를 들은 영포와 가족들이 마당으로 뛰어나왔다. 그런데 눈 앞에 펼쳐진 것은 놀라운 광경이었다.

"꼬꼬댁! 꼬꼬댁…!"

오히려 꼬꼬가 날카로운 부리로 고양이를 공격하고 있었다. 부리에 몇 번이나 쪼인 고양이는 닭이 만만치 않음을 느꼈는지, 담 너머로 달아나 버렸다.

가족들이 모두 깜짝 놀랐다. 닭이 얼마나 사나웠으면 고양이와 싸워 이길 수 있을까? 그 후로도 몇 번 이런 싸움이 있었다. 동네 아이들 몇 명도 그 싸움을 함께 보았다. 곧 소문이 퍼졌다. 어느새 영포의 꼬꼬는 동네 아이들 사이에서 가장 중요한 화젯거리가 되었다. 사나운 꼬꼬 때문에 아버지가 마당 한 모퉁이에 닭집을 지어 주었다.

영포는 학원에 갔다 오면 제일 먼저 꼬꼬부터 찾았다. 꼬꼬는 영포가 깃털을 쓰다듬어 줄 때만 얌전히 있고, 다른 아이들이 만지면 바로 손을 쪼아버렸다. 영포가 가끔 꼬꼬와 함께 거리에 나가면 동네 아이들이 우르르 모여들었다. 영포는 이미 꼬꼬와 함께 동네 아이들에게 상당한 인기인이 되어 있었다.

34

김석주 선생님

여름방학이 끝났다. 학교에 온 아이들이 왁자지껄하게 떠들고 있었다.

교실 앞문이 열렸다. 교감 선생님이었다. 담임선생님이 아닌 교감 선생님의 등장에 놀란 아이들이 눈을 동그랗게 떴다.

"자, 주목! 담임선생님이 몸이 좋지 않아서 장기간 병가를 냈어요. 그래서 오늘부터 여러분을 지도할 선생님을 소개할게요."

애들의 모든 눈이 교감 선생님 옆에 서 있는 여자 선생님에게로 향했다. 선생님이 웃으며 교단에 섰다.

"여러분, 안녕하세요. 만나서 기뻐요."

중년쯤 되어 보이는 나이에 얼굴은 밝고 고운 편이었다. 하지만 왠지 모를 강인한 분위기가 느껴졌다.

“내 이름은 김석주예요. 여러분을 만나서 반가워요.”

교감 선생님이 돌아간 후, 선생님은 책상 밑에서 돌이 담긴 수반을 꺼내어 올려놓았다. 그리고 칠판에 ‘돌싹’이라고 적었다.

“이 새싹은 조금씩 자라서 단단하고 좁은 돌 틈을 뚫고 나온 싹이야.”

선생님의 이야기를 들은 아이들은 돌을 자세히 들여다보았다. 정말 돌 틈에서 파란 새싹이 돋아나 있었다.

“이 새싹의 생명력이 놀랍지 않니? 나는 여러분도 이 새싹을 닮았으면 좋겠어.”

선생님이 밝게 웃으며 말했다.

“앞으로 일주일간은 여러분의 생활을 그냥 지켜볼 생각이야. 여러분과의 진짜 생활은 일주일 후부터가 될 거야.”

그 후 일주일간 선생님은 정말 한마디도 하지 않고 아이들의 생활을 지켜만 보았다.

그렇게 일주일이 지났다.

“자, 급식실로 출발하자.”

맨 앞에선 남호가 아이들을 둘러보며 말했다.

“애들아, 잠깐만.”

모두 소리가 나는 뒤쪽으로 돌아보았다.

"오늘은 뒤쪽부터 출발하도록 하자."

제일 뒤쪽에 서 있던 선생님이 성큼성큼 앞서서 출발했다.

"어…어, 이게 아닌데…?"

남호와 진식이, 호식이 같이 맨 앞줄에 있던 아이들은 갑자기 벌어진 일에 매우 당황한 표정을 지었다. 다른 아이들도 남호의 눈치를 보며 갈팡질팡하고 있었다.

"왜 그러고 있니? 빨리 따라오너라."

아이들이 따라오지 않자 김석주 선생님은 뒤돌아서서 다시 한번 따라오라고 재촉했다. 그래도 아이들이 남호의 눈치를 보며 주춤거리자 선생님이 첫 줄에 있는 아이들을 똑바로 바라보며 단호하게 말했다.

"선생님 얘기가 들리지 않니?"

선생님의 목소리에서는 무언가 모를 힘이 느껴졌다. 잠시 후 첫째 줄에 있던 아이들이 움직이기 시작했고, 다른 아이들도 그 뒤를 따라갔다. 아이들이 선생님을 따라가자 남호의 표정이 분노로 굳어졌다.

"아니, 오늘 5학년 2반 줄이 좀 이상하네. 항상 맨 앞에 있던 남호가 보이지 않고…."

먼저 와 있던 다른 반 선생님이 좀 이상하다는 표정을 지으며 말했다. 김 선생님이 그 선생님에게 가볍게 묵례를 한 후 아이들을 둘러보며 단호하게 말했다.

"첫 줄부터 배식을 받도록 합니다. 그리고 식사를 다 한 사람은 운동장에서 놀다가 수업 전에 교실로 오면 됩니다."

선생님의 말에 첫 줄에 있던 아이들이 배식을 받기 시작했다. 지나가 첫 번째로 배식을 받았고, 그다음에 영포가 받았다. 이전 같으면 제일 꼴찌로 배식을 받던 아이들이 오늘은 제일 먼저 배식을 받은 것이다.

"에이 씨, 오늘 축구 하기는 다 틀렸어. 제일 늦게 배식을 받으면 축구 할 시간이 없단 말이야."

호식이가 남호를 보며 투덜거렸다.

"그러게 말이야, 이건 뭔가 잘못되었어."

진식이가 남호의 눈치를 보면서 말했다. 남호는 여전히 굳은 표정으로 입을 꾹 다물고 말이 없었다.

35

학급자치규칙

사회 수업이 시작되었다.

"우리 학교는 교훈에도 나와 있지만 '학생들의 자율성'을 중요시하고 있습니다. 그래서 오늘 수업시간에는 우리 학급에서 지켜야 할 규칙을 우리가 직접 만들어 봅시다. 사회에 법이 있듯이 우리 학급에도 친구들 간에 꼭 지켜야 할 것들이 있습니다. 지금부터 어떤 내용이라도 좋으니 생각나는 것을 발표해 주기 바랍니다."

선생님이 엄숙한 표정으로 아이들을 둘러보았다. 아이들은 남호의 눈치를 보며 말없이 앉아 있었다.

"아무도 발표하는 사람이 없구나. 그렇다면 선생님이 먼저 발표해 보도록 하겠어요."

아이들이 긴장된 표정으로 선생님을 지켜보고 있었다.

"선생님이 볼 때 절대로 하면 안 되는 것은 친구를 때리거나 괴롭히는 거예요."

순간, 아이들의 시선이 남호와 진식이에게로 향했다. 그러나 일그러진 남호의 얼굴을 보고는 재빨리 고개를 돌렸다.

"그리고 친구를 괴롭히는 것이 무엇을 말하는지는 여러분 스스로 잘 알 거예요. 자, 선생님 발표는 이 정도로 하고 다른 사람의 발표를 듣도록 하겠어요."

그러나 아무도 발표를 하는 사람이 없었다. 선생님이 다시 입을 열었다.

"아무도 얘기하는 사람이 없구나. 처음이니 어쩔 수 없군."

아이들은 숨을 죽인 채 선생님을 지켜보고 있었다.

"그럼 선생님이 발표할 사람을 지명하도록 하겠어요. 한 사람이 하나씩 발표해 주기 바랍니다. 먼저 철수부터 발표해 보도록 합시다."

선생님의 호명을 받은 철수가 어색한 표정으로 쭈뼛쭈뼛 일어섰다.

"저는 쓰레기를 버리지 않았으면 좋겠다고 생각합니다."

철수는 남호를 한 번 쳐다본 뒤 조심스럽게 말했다.

"그다음, 우형이가 발표해 보자."

"네, 저는 쉬는 시간에 떠들지 않았으면 좋겠습니다."

"그다음, 진식이가 이야기해 보자."

"저는 반장 말을 잘 들어야 한다고 생각합니다."

진식이가 발표한 뒤 슬쩍 남호를 돌아보았다.

"그다음, 은별이."

은별이가 작게 심호흡을 했다.

"네, 저는 친구에게 욕을 쓰지 않았으면 좋겠습니다."

은별이가 자리에 앉자 남호와 진식이가 은별이를 쏘아 보았다.

"그다음, 영포."

영포가 일어나자 모두들 숨을 죽이고 영포를 지켜보았다. 영포는 뭔가 결심한 얼굴로 선생님을 바라보며 말했다.

"저는 꼴찌라고 놀리거나 왕따를 시키지 않았으면 좋겠습니다. 당하는 사람은 너무 마음이 아프니까요."

순간 남호의 표정이 심하게 일그러졌다.

"그다음, 상태."

상태는 남호와 진식이를 한번 쳐다본 후에, 뒷자리에 있는 지나를 잠시 돌아보았다. 머뭇거리던 상태는 결심을 굳힌 듯 단호하게 말했다.

"저는 아픈 친구를 괴롭히거나 놀리는 일이 없어야 한다고 생각합니다. 아픈 친구를 돌봐 주는 게 친구가 할 일이라고 생각합니다."

모두들 긴장된 표정으로 남호와 진식이, 지나를 번갈아 쳐다보았다. 지나는 고개를 푹 숙이고 있었다.

"여러분들이 발표를 잘해 주었어요. 그런데 중요한 게 하나 빠진 것 같아요."

아이들이 궁금한 표정으로 선생님을 쳐다보았다.

"규칙을 어긴 사람들은 어떻게 해야 할까? 이 문제에 대한 해결 방법을 찾지 못한다면 스스로 만든 규칙은 전혀 의미가 없는 것이 되어 버리거든. 지금부터는 여기에 대해서 여러분들의 생각을 말해 주었으면 해요."

선생님이 아이들을 둘러보며 말했다. 교실에는 침묵이 흘렀다. 아이들은 서로 눈치를 보며 말을 하지 않았다. 선생님이 다시 말을 이었다.

"누구든지 처음으로 발표를 한다는 것은 많은 용기가 필요하지."

다시 잠깐의 침묵이 흘렀다.

"선생님, 제가 먼저 발표하겠습니다."

아이들의 시선을 받으며 영포가 일어났다.

"규칙을 어긴 사람은 먼저 상처받은 친구에게 사과하도록 해야 합니다."

영포가 잠시 말을 멈추고 고개를 숙였다. 다시 고개를 들었을 때는 눈에 눈물이 고여 있었다.

"당하는 사람은 너무 가슴이 아프니까요."

"좋은 생각이야. 친구에게 진심으로 사과하는 것은 어떤 것보다 중요한 일이지. 여러분들도 영포처럼 좋은 생각을 많이 발표해 주기 바란다."

많은 아이들의 발표가 이어졌다. 그러나 몇몇 아이들은 여전히 남호의 눈치를 보며 발표를 하지 않았다. 선생님은 발표 내용 중 중요한 내용을 액자에 넣어 교실 앞에 걸었다. 5학년 2반 '학급자치규칙'이 탄생한 것이다.

학급자치규칙
1조: 친구를 때리거나 괴롭히지 않기
2조: 친구를 놀리거나 왕따 시키지 않기
3조: 아픈 친구를 위로하고 돌봐주기
4조: 친구에게 욕 쓰지 않기

저항

다음 날도 아이들은 급식실로 가기 위해 줄을 서 있었다.

"자, 오늘은 이쪽부터 출발하도록 해요."

선생님이 지난번과는 반대로 앞쪽부터 출발하라고 말했다. 몇몇 아이들을 제외한 대부분의 아이는 이제 남호의 눈치를 보지 않고 자연스럽게 김석주 선생님의 말씀을 따르고 있었다. 처음과는 완전히 다른 모양새였다. 당연히 뒤쪽부터 출발하는 줄 알고 뒤쪽에 서 있던 남호와 몇몇 아이들이 분통을 터뜨렸다.

"아니, 이게 뭐야? 뭐 이런 법이 있어? 어제까지는 뒤쪽에서 출발하고, 오늘은 앞쪽에서 출발하는 게 말이 되는 소리냐고? 오늘도 꼴찌로 밥을 먹어서 축구는 다했네. 으…으, 진짜 짜증 나."

결국, 참지 못한 남호가 줄 밖으로 나오며 선생님을 불렀다.

"선생님, 할 말이 있습니다."

선생님이 돌아서며 남호를 똑바로 보았다.

"왜? 무슨 할 말 있니?"

"선생님, 이건 말이 안 됩니다. 어제는 뒤쪽에서, 오늘은 앞쪽에서 출발한다는 게 상식적으로 말이 안 되는 소리 아닙니까?"

남호가 목소리를 높이며 따지듯이 물었다.

"왜 말이 안 된다고 생각하니?"

선생님은 조용히 말했다.

"원래부터 앞쪽은 이쪽이었습니다."

"원래부터가 아니겠지. 너희가 만든 거겠지."

"저희가 만들다니요? 급식실이 저쪽에 있으니까 이쪽이 앞쪽이 되는 게 너무도 당연하지 않습니까? 다른 반도 전부 이쪽으로 줄을 서지 않습니까?"

남호가 흥분해서 잔뜩 목소리를 높였다.

"그건 아이들이 자유롭게 앞쪽으로 가서 줄을 설 수도 있고, 뒤쪽으로 갈 수도 있을 때 해당하는 말이지. 그런데 우리 반은 아니야. 그 이유는 네가 더 잘 알지 않니?"

선생님이 단호하게 말한 후 돌아섰다. 그리고 급식실을 향해 걸어갔다. 뒤에는 아이들이 따르고 있었다.

오늘도 남호와 몇몇 아이들은 제일 늦게 식사를 해서 점심시간에 축구를 전혀 할 수 없었다.

다음 날 아침 선생님이 회의에 참석하기 위해 교무실로 가고 난 후, 진식이와 몇 명의 아이들이 남호 주변에 모여 불평을 터뜨렸다.

"뭐 저런 선생님이 다 있어?"

"선생님은 무슨 선생님? 그냥 기간제지."

반 아이들은 불안한 얼굴로 남호 쪽을 흘긋거렸다.

"오래가지 못할 거야."

조용히 앉아 있던 남호가 말했다.

"뭐라고?"

남호의 말에 남호 주변 아이들뿐만 아니라 다른 아이들도 귀를 쫑긋 세웠다.

"어젯밤에 엄마에게 부탁했거든. 담임선생님 돌아오게 해달라고. 엄마가 오늘 교장 선생님을 만나러 오신다고 했어. 그러니까 걱정하지 마. 조금만 기다리면 돼."

남호가 의기양양한 표정을 지었다. 그리고 일부러 험악한 인상을 쓰며 아이들을 둘러보았다.

"너희들, 학급규칙인지, 똥 규칙인지 그게 지켜질 거라고 생각해? 그렇게 생각한다면 진짜 잘못 생각하는 거야. 저 규칙은 담임선생님이 오시면 바로 사라질 거야. 그러니까 함부로 까불지 마!"

남호가 손가락으로 학급규칙 액자를 가리키며 소리쳤다. 아이들은 겁에 질려 아무 말도 하지 못했다. 교실 전체가 조용했다.

너희들에게 줄 수는 없지!

"오늘 엄마가 특별히 브라질 닭 바비큐를 간식으로 넣어 준다고 했어. 지난번에 먹은 간식보다 더 맛있어. 네가 배식을 잘해야 할 거야. 우리 엄마가 넣어 준 것을 내 기분 더럽게 한 저 찌질이들에게 줄 수는 없지 않겠어?"

남호가 진식이를 쳐다보며 말했다.

"헤…헤, 걱정 마. 내가 그 콩벌레 찌질이들을 확실히 알고 있으니까. 절대 맛있는 바비큐를 찌질이들 간식으로 주지 않을게."

진식이가 영포, 은별이, 상태를 쭉 한번 훑어보았다. 2교시 수업이 끝나고 중간놀이 시간에 간식이 도착했다. 복도에서부터 맛있는 향기가 코를 자극했다.

"얘들아, 남호 엄마가 오늘은 특별히 브라질 바비큐를 간식으로 넣어 주셨어."

"와!"

아이들은 함성을 질렀다. 진식이가 간식을 나누어주자 아이들은 즐겁게 먹기 시작했다. 은별이도 입맛을 다시며 막 먹으려는 순간이었다.

탁.

진식이가 통로를 지나가면서 은별이의 바비큐를 바닥으로 떨어뜨려 버렸다.

"이걸 어쩌지? 내가 주워 줄게."

진식이가 미안한 표정으로 주워 주는 척하면서 더러운 바닥에 더 문질러 버렸다. 그리고 더러운 먼지를 털어주는 시늉을 하면서 바비큐를 은별이 책상에 올려놓았다.

"내가 먼지를 깨끗이 털어냈으니까 더럽지 않을 거야. 어서 먹어."

진식이는 씨익 웃었다. 은별이는 더러워진 바비큐를 한 조각도 먹지 못하고 시무룩하게 앉아 있었다. 진식이가 남호를 쳐다보았다. 남호도 따라 웃었다.

다음 차례는 상태였다.

"자, 받아."

상태 뒤에 있던 아이가 쪽지를 상태에게 건네주었다.

"뭔데?" 상태가 쪽지를 펼쳐 보았다.

"상태야, 맛있게 먹는데 미안하다. 그래도 알고 먹는 게 좋을 것 같아서…. 아까 네가 먹고 있는 바비큐에 내가 침을 발라 놓았거든. 헤헤헤 미안."

순간 상태는 "웩." 하고 입을 막았다. 상태의 모습을 보고 진식이와 남호가 낄낄거리며 웃었다.

성폭력 사건

"네? 1학년 여자애가 영포에게 성폭력을 당했다고요?"

김석주 선생님이 깜짝 놀라며 교감 선생님을 쳐다보았다.

"글쎄, 어떻게 된 영문인지는 정확히 모르겠으나, 오늘 아침에 여자애 엄마가 학교로 연락을 해서 난리가 났었습니다. 내가 정확한 사정을 알아보고 전화 드린다고 하고 겨우 진정시켜 놨어요."

"알겠습니다. 제가 여자애를 한번 만나 보겠습니다."

김석주 선생님이 심각한 얼굴로 말했다.

한편, 5학년 2반 교실에서도 사건이 벌어지고 있었다. 교실 문 앞, 덩치 큰 남자아이가 조그만 여자아이에게 물었다.

"저 애란 말이지?"

"응." 여자애가 고개를 끄덕였다. 남자애가 교실로 들어가서 영포에게 다가갔다. 그리고 곧장 영포에게 주먹을 날렸다.

"으악!"

영포가 비명을 지르며 바닥에 쓰러졌다. 남자애가 달려들어 영포 위에 올라타서 몇 대를 더 때렸다. 반 아이들이 모두 모여들었다.

"이 자식, 내 동생한테 성폭력을 했다고?"

남자아이가 악에 받쳐 소리쳤다.

"뭐? 성폭력?"

옆에서 보고 있던 반 아이들이 놀란 얼굴로 서로를 바라보았다.

"아니, 뭔가 잘못 아는 거 아냐? 영포가 성폭력을 했다니?"

다혜와 몇몇 아이들이 급하게 남자아이를 뜯어말렸다. 여자아이는 성폭력을 당했다는 1학년 아이였고, 남자아이는 오빠인 5학년이었다.

"어제 오후에 내 동생이 방과 후 수업을 듣고 계단을 내려오는데 이 자식이 따라오면서 내 동생 몸을 만졌다고 하잖아!"

남자아이가 씩씩거렸다. 넘어져 있던 영포의 코에서 피가 흘렸다. 영포는 코피를 손으로 닦으며 바닥에서 일어났다.

"내가 저 애한테 성폭력을 했다고? 나는 절대 그런 짓을 한 적이 없어!"

영포는 남자아이를 똑바로 보며 말했다.

"이 자식이 끝까지 거짓말을 하네."

남자아이는 다시 영포에게 달려들었다.

그때, 목소리가 들려왔다.

"무슨 일이니?"

김석주 선생님이 엄한 표정으로 두 사람을 보고 있었다. 남자아이는 영포를 때리려던 동작을 멈추고 선생님을 쳐다보았다.

"이 자식이 내 동생한테 성폭력을 했다고요."

남자아이가 날카롭게 말했다.

"아니야, 아직 아무것도 밝혀진 게 없어. 내가 네 동생을 상담해 본 후에 다시 얘기하도록 하자. 일단, 네 교실로 돌아가거라."

남자아이가 끝까지 영포를 노려보며 자기 교실로 돌아갔다. 반 아이들은 뜻밖의 사건에 관심 가득한 눈으로 선생님과 영포, 여자아이를 지켜보고 있었다. 영포는 다혜가 건네준 휴지로 코피를 닦은 후 말없이 자리에 앉았다.

"애야, 잠시 나를 따라오너라."

선생님이 1학년 여자아이를 상담실로 데리고 갔다.

"너, 어제 있었던 일을 그대로 이야기해 보렴. 아까 그 오빠가 네 몸을 만졌니?"

여자아이가 고개를 끄덕였다.

"어떻게 만졌는데?"

"그 오빠가 계단 위쪽에서 뛰어 내려오다가 내 쪽으로 부딪치고 갔어요."

"부딪치고 가다니?"

"제가 싫은데 부딪치고 갔어요."

"그게 다야?"

"네."

"그게 성폭력이라고?"

"네, 우리 선생님이 그랬어요. 자기가 싫은데 남자 몸이 닿으면 성폭력이라고 했어요."

선생님은 잠시 할 말을 잃었다. 그리고 뒤이어 영포를 불렀다.

"영포 너 계단에서 왜 그 여자애에게 부딪쳤니?"

"방과 후 수업을 끝내고 학원에 가려고 계단을 급하게 내려오다가 풀어진 신발 끈을 잘못 밟아서 몸이 휘청했어요. 그래서 중심을 잃고 바로 앞에 내려가던 그 아이에게 약간 부딪혔어요."

상담을 마치고 교실로 돌아온 선생님은 반 아이들에게 일이 어떻게 되었는지 설명해 주었다. 대부분의 아이들은 고개를 끄덕였다. 그러나 남호와 몇몇 아이들은 그 말을 믿을 수 없다는 듯 수군거렸다. 그들은 김석주 선생님이 영포를 감싸주기 위해 거짓말을 한다고 생각했다.

화초 가꾸기 대회_1

"너희 8명, 교무실 앞에 있는 화분 4개만 가져오너라."

선생님이 앞줄에 앉아 있는 아이들에게 말했다. 아이들이 교무실로 뛰어갔다가 잠시 후 화분 4개를 가지고 돌아왔다.

"우리 학교에서 청소년 단체 후원으로 한 달 후에 전교생이 참가하는 '화초 가꾸기 대회'가 열려요. 우승한 팀에게는 시상이 대단하다고 해요."

시상이 대단하다는 선생님의 말씀에 아이들은 눈을 동그랗게 뜨고 귀를 기울였다.

"우승팀 8명 전원이 청소년 단체의 후원으로 방학 때 세계여행을 간단다. 여행 프로그램은 세계적인 놀이시설로 유명한

히토리랜드와 애니메이션 동굴을 견학하는 거야."

"와아!"

아이들이 입을 쩍 벌렸다.

"야, 우리 꼭 우승하자. 도대체 경쟁률이 몇 대 몇이 되는 거지? 화초도 잘 골라야 해."

아이들은 여기저기 모여서 들뜬 마음으로 떠들었다.

"화분은 8명이 한 조가 되어 한 개씩 가져가렴. 여기에 놓여 있는 순서대로 가져가면 돼. 어느 것을 가져가도 잘 기르면 되는 거니까. 조 편성은 모둠 순서대로 한 조가 된다. 자, 지금부터 가져가도록 해. 화분에 모둠 표지를 만들어 끼운 후에 교실 뒤쪽에 놔두고 잘 기르도록 하렴."

아이들은 화분에 모둠 표지를 끼운 후, 교실 뒤쪽으로 화분을 옮겼다.

"안 돼. 함부로 물을 주면 뿌리가 썩는단 말이야."

급하게 물을 주려는 아이를 다른 아이가 막아섰다. 영포가 속한 모둠의 식물은 토마토였다. 영포가 토마토의 순을 따주려고 손을 뻗었다.

찰싹.

같은 모둠에 속한 호식이가 영포의 손을 때렸다. 영포가 깜짝 놀라 호식이를 쳐다보았다.

“야, 왜 잘 자라고 있는 식물에 손을 대는 거야? 너 때문에 화초 가꾸기 대회에서도 꼴찌 하는 거 보고 싶어?”

호식이가 영포를 째려보았다.

“아냐, 토마토는 순을 따주어야 열매가 크게 돼.”

영포가 호식이를 보며 설명했다.

“네가 뭐 안다고 그래? 꼴찌 주제에. 네가 나서면 뭐든지 꼴찌 할 가능성이 커. 그러니까 너는 절대로 이 식물에 손대면 안 돼. 얘들아, 영포가 절대 손 못 대도록 잘 지켜봐야 해.”

호식이가 모둠 아이들을 둘러보며 말하자 다른 아이들 역시 고개를 끄덕였다.

“너는 식물 근처에도 오지 말고 공부나 해. 이번 중간고사에서도 꼴찌 하면 안 되잖아?”

호식이가 영포를 떠미는 시늉을 하며 말했다. 이 광경을 옆에서 지켜보던 남호와 진식이가 영포를 쳐다보며 낄낄거렸다.

외톨이

체육 시간이었다. 아이들은 한창 왁자지껄하게 축구를 하는 중이었다. 영포는 새 공을 든 채 혼자 화단 근처를 서성거렸다. 엄마를 졸라서 축구공을 사 왔지만 함께 놀 친구가 없었다. 그때, 운동장에서 축구를 하고 있던 상구가 배를 움켜쥐고 운동장 가장자리로 가는 모습이 보였다.

"갑자기 배가 아파서 도저히 못 뛰겠어. 나 대신 다른 애를 넣어줘."

상구가 배를 움켜잡고 남호에게 사정을 했다.

"갑자기 누굴 넣어? 진짜 중요한 순간인데."

남호가 짜증을 냈다.

"저기 영포를 넣으면 안 될까?"

옆에 있던 정호가 남호의 눈치를 보며 말했다.

"뭐! 재를? 그건 절대 안 돼."

남호가 손사래를 쳤다.

"재는 없는 게 더 나아. 전에도 재 때문에 몇 골 들어갔잖아. 그냥 한 명 부족하게 하는 게 낫지."

남호가 운동장 끝에 있는 영포를 쏘아 보았다. 영포는 혼자서 공을 이리저리 굴리고 있었다.

"앞으로도 절대 끼워주면 안 돼. 알겠지?"

남호가 옆에 있는 진식이를 보며 말했다.

"헤헤, 물론이지, 앞으로도 재가 애들하고 축구를 하는 일은 절대 없을 거야."

진식이가 실실 웃으며 고개를 끄덕였다.

'내가 철저히 외톨이로 만들어 주겠어.' 남호가 이를 악물었다.

"야, 너 또 혼자 놀고 있구나."

공을 툭툭 건드리던 영포가 고개를 들었다. 행정 선생님이 서 있었다.

"같이 놀 친구가 없니?"

영포가 축구를 하고 있는 아이들을 한번 쳐다보았다. 눈빛이 쓸쓸했다.

"네, 없어요. 애들이 저하고 노는 것을 자꾸 피해요."

"야야, 괜찮다. 이제부터 내가 친구 해 줄게. 안 그래도 내가 너 때문에 교장 선생님한테 칭찬을 많이 받고 있단다."

행정 선생님이 웃으며 영포를 잡아끌었다.

"자, 저쪽으로 가서 내 일을 좀 도와다오. 이유 없이 꽃들이 시들시들해서 걱정이 태산이야."

잠시 머뭇거리던 영포는 고개를 끄덕였다. 선생님이 향한 곳은 운동장 끝에 있는 온실이었다. 온실 안에는 각종 식물과 꽃들이 가득했다. 영포의 얼굴에는 조금 전과 다르게 생기가 가득했다.

꼬꼬의 활약

“야, 네가 영포니?”

“그런데, 왜?”

3반 아이들이었다. 영포가 의아한 표정으로 그 아이들을 쳐다보았다.

“너희 집에 싸움닭을 기른다는 게 사실이야? 고양이하고 싸워서 이겼다는 닭 말이야.”

“싸움닭은 아니고, 내가 기르는 닭인데 고양이하고 싸워 이긴 건 사실이야.”

“맞구나, 그 소문이 사실이었어. 어떻게 도시에서 큰 닭을 기를 수 있지?”

“아 그건, 우리 집이 주택인데 마당이 좀 있거든. 거기에 아빠가 닭장을 지어 주셨어.”

영포가 은근히 자랑스러운 목소리로 말했다.

“아, 부럽다. 우리 집은 아파트라서 엄마가 병아리도 못 기르게 하는데….”

한 아이가 부러움 가득한 얼굴로 영포를 쳐다보았다.

“근데, 네 싸움닭 우리가 구경 좀 할 수 없겠니?”

아이들이 사정 조로 말했다.

“글쎄, 내가 학교 수업 끝나면 바로 학원에 가야 해서 말이야.”

“어떻게 좀 시간을 내면 안 돼? 잠깐이라도 좋아.”

아이들이 더 조바심을 내며 사정했다. 잠시 생각을 하던 영포가 특별히 인심을 쓴다는 투로 고개를 끄덕였다.

“좋아, 그럼 방과 후 수업 끝나고 학교 정문 앞에 있어. 잠시만 구경하게 해줄게.”

싸움닭을 구경하게 된 3반 아이들은 기분이 좋아져서 돌아갔다. 얘기를 옆에서 들은 영포 반 아이들도 관심을 가지기 시작했다. 영포와 얘기하면 남호가 싫어하는 줄 알면서도 궁금증을 이기지 못한 상구가 영포에게 다가왔다.

"영포야, 싸움닭이면 덩치가 엄청 크지? 어떻게 고양이를 이길 수 있어? 영포 네가 닭 부리를 날카롭게 갈아주는 거야?"

"아냐, 부리를 갈아 주지는 않는데 굉장히 날카로운 건 사실이야. 나 아니면 닭을 만지기 어려울 거야. 다른 사람이 만지면 바로 쪼아 버리거든. 그 부리에 쪼여서 커다란 고양이가 바로 도망가 버렸어."

영포가 신이 나서 말했다.

"야, 그 닭 개한테도 이길 수 있어?"

누군가가 물었다.

"글쎄, 그건 알 수 없지. 꼬꼬가 워낙 빠르니까."

영포가 의기양양하게 대답했다.

"야, 우리도 너희 집에 가서 그 닭 구경 한 번 할 수 있어?"

"영포야. 오늘 가도 돼? 응?"

아이들이 너도나도 부탁을 해왔다.

"좋아. 내가 학원 때문에 시간은 없지만, 특별히 한번 보여줄게."

영포는 한껏 들뜬 목소리로 대답했다.

그때, 불쑥 남호가 끼어들었다.

"니들 참 어리석다. 어떻게 조그만 닭이 고양이와 개를 이겨? 전부 재가 관심을 끌려고 지어낸 이야기야."

남호는 한심하다는 듯 영포와 주변에 몰린 아이들을 쳐다보았다.

"그래도 설마…."

한 아이가 못 믿겠다는 듯 말끝을 흐렸다. 남호가 바로 인상을 쓰며 쏘아붙였다.

"뭐? 니들이 언제부터 내 말보다 저 꼴찌 말을 더 믿었어? 니들 원래 그렇게 생각하고 있었던 거야? 앙?"

겁을 먹은 아이들이 재빨리 자리로 돌아갔다. 진식이가 얼른 남호의 비위를 맞췄다.

"남호야, 네 말이 맞아. 어떻게 닭이 고양이를 이길 수 있겠어? 영포 재 거짓말쟁이인 것은 우리 모두가 다 알고 있잖아."

영포는 대꾸하면 싸움이 날까 봐 그냥 말없이 자리에 앉았다.

방과 후, 3반 아이들이 학교 정문 앞에서 영포를 기다리고 있었다.

"자, 가자."

영포가 앞장서서 걸어갔다. 교문을 지나서 코너를 돌자 영포 반 아이들 몇 명이 슬그머니 영포에게 다가왔다.

"영포야, 우리도 같이 가자. 아까는 남호가 너무 설쳐대서 얘기할 수 없었어."

"좋아, 같이 가."

영포가 밝게 웃으며 말했다.

아이들과 함께 집에 도착한 영포는 대문을 열었다.

"꼬꼬댁, 꼬꼬!"

대문이 열리기 무섭게, 꼬꼬가 대문으로 달려 나와 부리로 사정없이 공격을 해댔다.

"엄마야!"

깜짝 놀란 아이들이 하마터면 뒤로 넘어질 뻔했다.

"잠깐만 기다려."

영포가 뛰어가 꼬꼬의 목에 줄을 묶었다.

"꼬꼬댁!"

꼬꼬는 줄에 묶인 상태에서도 아이들을 공격하기 위해 계속 날아올랐다. 그 바람에 아이들은 꼬꼬에게 접근조차 하지 못했다.

"가만히 있어!"

영포가 꼬꼬에게 다가가 깃털을 쓰다듬었다. 꼬꼬는 그제서야 공격을 멈추고 영포 옆에 얌전히 앉았다.

"야! 영포 대단하다. 어떻게 저렇게 사나운 닭이 영포 말은 알아듣지? 꼭 투우사 같아."

아이들이 부러움 가득한 얼굴로 영포를 쳐다보았다.

이날 이후, 소문이 퍼지면서 많은 반 아이들이 남호의 눈을 피해서 영포의 집에 다녀갔다.

"뭐라고? 반 애들이 우리 눈을 피해 영포 집에 찾아가 싸움닭을 구경하고 영포와 잘 지내고 있다고?"

남호가 놀란 표정으로 진식이를 쳐다보았다.

"그래, 반 애들 지금 행동을 보면 영포가 왕따가 아니라 우리가 왕따가 된 거지. 전보다 우리말이 먹혀들지를 않아."

진식이가 심각한 얼굴로 고개를 끄덕였다. 잠깐 말이 없던 남호가 무거운 목소리로 말했다.

"좋아, 이대로는 안 되겠어. 지금 누가 영포와 가장 친하게 지내고 있어?"

"상태야, 상태는 이제 닭을 본다는 핑계로 거의 매일 영포 집에 놀러 가고 있어."

"으음, 그냥 두지 않겠어."

남호의 목소리가 사나웠다.

꺾인 희망

"뭐야? 왜 이렇게 교실이 엉망이 된 거야?"

아침부터 교실 뒤편이 소란스러웠다.

"으악! 이게 뭐야? 토마토 줄기가 꺾여져 있잖아."

호식이가 비명을 터뜨렸다. 화초대회에 내보내기 위해 가꾸던 토마토 줄기가 꺾여 있었다.

"우리 완전히 망한 거 아니야? 이렇게 큰 줄기가 꺾였는데 이걸 어떡해?"

"벌써 줄기가 말라 버렸어."

호식이네 조 아이들은 잔뜩 울상이었다.

"야, 누가 교무실에 가서 화초 좀 바꿔 달라고 해봐!"

한 아이가 소리쳤다.

"좋아, 내가 갔다 올게."

호식이가 재빨리 교무실로 뛰어갔다. 잠시 뒤, 교실로 돌아온 호식이는 시무룩한 얼굴이었다.

"화초를 바꿔 줄 수는 없대. 화초를 잘 관리하는 것도 심사 대상이래."

흥분한 아이들이 너도나도 목소리를 높였다.

"말도 안 돼. 우리가 화초를 잘못 관리한 게 아니잖아. 어제까지 멀쩡했는데 아침에 학교에 오니까 이 꼴이 되어 있는 걸 우리보고 어떡하라는 거야?"

호식이가 풀이 죽은 목소리로 말했다.

"내가 그 얘기도 했는데, 그래도 어쩔 수 없대, 중간에 교체해 주면 다른 조에서 반발한다고."

"뭐라고? 다른 조 애들이 반발한다고?"

순간, 호식이네 조 아이들이 구경하고 있던 다른 조 아이들에게로 고개를 돌렸다.

꺾여진 줄기를 쳐다보며 좋다고 웃던 아이들이 허둥댔다. 어떤 아이들은 웃던 얼굴을 손으로 가렸고, 다른 아이들은 슬며시 고개를 돌렸다. 그 모습을 본 호식이네 조 아이들은 잔뜩 기분이 상했지만 어쩔 수 없는 일이었다.

시간이 갈수록 호식이네 조 아이들은 더욱 의기소침해졌다.

"이젠 어떡하지?"

한 아이가 이미 체념한 얼굴로 호식이를 쳐다보았다. 호식이는 안타깝게 덜렁거리는 토마토 줄기를 쳐다보다가, 단단히 결심을 한 표정으로 말했다.

"야, 갖다 버려! 이 토마토 이미 죽었어."

"에이…씨, 우리는 대회에 한 번 나가보지도 못하고 괜히 상상만 실컷 했네."

아이들이 한숨을 내쉬었다.

그때, 남호가 교실에 들어왔다. 남호는 손에 검은 고양이 목줄 끈을 들고 있었다.

"바로 이놈 때문이지."

"뭐라고?"

모든 아이들의 시선이 고양이에게로 향했다. 고양이는 엄청나게 덩치가 크고 털이 검었다. 이빨을 드러내고 으르렁거리는 모습이 매우 사나워 보였다. 거기다가 한쪽 눈이 감긴 애꾸눈이었다.

"학교에 돌아다니는 도둑고양이야. 밤에 경비아저씨가 실수로 잠시 열어놓은 문틈으로 교실에 들어온 거지. 내가 이놈 짓인 거 같아 운동장 뒤편에서 잡아 온 거야.”

남호가 의기양양하게 말했다.

“저 녀석을 당장….”

호식이네 조원들이 고양이에게 달려들었다. 그때 남호가 목줄을 약간 느슨하게 했다. 고양이는 곧바로 날카로운 발톱을 세우며 아이들에게 덤벼들었다.

“으악!”

앞에 있던 아이들이 깜짝 놀라 뒤로 넘어질 뻔했다.

“무서워….”

아이들이 더 이상 접근하지 못하고 고양이와 남호를 번갈아 쳐다보았다. 고양이의 눈빛이 살벌하게 번뜩거렸다.

“그만들 둬. 내가 이 녀석을 써먹을 데가 있으니까.”

남호가 음흉하게 웃었다. 아이들이 불안한 표정으로 남호를 쳐다보았다.

한편, 교실 한쪽에서 영포는 바짝 긴장한 얼굴로 고양이를 쳐다보고 있었다.

‘그 녀석이 틀림없어. 지난번에 아기 강아지를 해치려던 그 놈이야!’

순간, 영포와 고양이의 눈이 마주쳤다. 영포를 노려보는 고양이의 눈빛은 더욱더 날카롭고 사나워 보였다. 영포는 자기도 모르게 어깨를 움츠렸다.

"야, 마영포!"

갑자기 남호가 영포를 꼴쳐보며 소리쳤다.

"네 닭과 이 고양이의 싸움을 정식으로 제안한다. 네가 거짓말쟁이가 아니라면 이 제안을 안 받아 줄 수는 없을 거야."

남호는 회심의 미소를 지었다.

고민

영포는 집으로 돌아오는 내내 고양이의 섬뜩한 눈빛을 떠올렸다. 꼭 그 애꾸눈이 계속 따라오는 것만 같았다.

"꼬꼬댁, 꼬꼬!"

대문이 열리자마자 꼬꼬가 달려 나왔다. 영포는 꼬꼬를 안아 들었다.

'아무리 사나운 꼬꼬지만, 닭이 어떻게 그렇게 큰 고양이를 이길 수 있겠어. 남호 말이 맞아. 내가 애들에게 관심을 받고 싶어서 너무 허풍을 떨었어.'

영포는 우두커니 앉아 생각에 잠겼다. 시커먼 털, 그 뾰족한 발톱, 크릉대던 이빨까지 아까 보았던 고양이의 모습이 하나하나 떠올랐다.

'그 큰 고양이의 날카로운 발톱에 꼬꼬의 살이 찢기면 틀림없이 죽게 될 거야.'

영포가 불안을 이기지 못하고 몸을 벌떡 일으켰다. 영포는 마루 위를 초조하게 왔다 갔다 했다.

'지금이라도 남호에게 졌다고 얘기하는 편이 낫지 않을까. 그러면 꼬꼬는 무사할 수 있을 텐데….'

학교에 다녀왔을 때, 달려와서 안기는 꼬꼬를 이 세상에서 다시는 볼 수 없게 될지도 모른다는 생각이 들자 영포의 마음속에 끝없는 불안이 밀려들었다. 영포는 자기도 모르게 마당으로 뛰어가 꼬꼬를 꼭 끌어안았다.

'그래! 내 자존심 때문에 꼬꼬를 다치게 할 수는 없어.'

꼬꼭.

영문을 모르는 꼬꼬가 검은 눈을 말똥거리며 영포의 품에 안겨들었다.

'그래, 그게 맞아. 내일 남호에게 졌다고 얘기하자. 절대 꼬꼬를 잃을 수는 없어.'

마음을 정하고 나니 기분이 한결 편해졌다. 영포는 학원에 가기 위해 가방을 둘러멨다.

그때 집 밖에서 아이들의 목소리가 들려왔다.

"영포야! 꼬꼬 한 번 구경하자. 제발 부탁해."

영포는 우뚝 걸음을 멈췄다.

'만일 내가 대결을 포기하면 어떻게 될까?'

문득 그런 생각이 떠올랐다. 생각이 꼬리를 물고 이어졌다.

'저 많은 애들이 꼬꼬한테 관심을 가지지 않게 되겠지. 평범한 보통 닭에게 관심을 가질 리가 없어. 그렇게 되면 나는 어떻게 될까? 당연히 전처럼 지독한 왕따가 되겠지.'

영포는 왕따라는 말을 스스로 해놓고도 두려움에 몸서리를 쳤다.

'그건 안 돼, 절대 안 돼!'

영포는 다시 마당에 앉아 생각에 잠겼다.

'설마, 꼬꼬가 죽기야 하겠어? 꼬꼬가 위험에 처하면 내가 싸움을 뜯어말리면 괜찮을 거야.'

대결하기로 마음을 고쳐먹은 영포는 마루로 뛰어 올라가 선반을 뒤적였다.

영포가 꺼낸 것은 엄마가 지어 준 보약과 꿀병이었다. 영포는 그 보약에 꿀을 넣은 후 꼬꼬의 앞에 갖다 놓았다. 꼬꼬는 그것을 망설임 없이 순식간에 먹어 치웠다.

영포는 꼬꼬의 왕성한 식욕에 안심했다. 이렇게 식욕이 왕성할 때의 꼬꼬는 대단한 힘을 발휘했다. 집에 들어온 도둑고양이와 싸워 이겼을 때도 이럴 때였다.

보약을 먹은 꼬꼬가 힘차게 날갯짓을 했다.

'참, 그것도 해줘야겠어.'

영포는 연장으로 꼬꼬의 부리를 날카롭게 갈아 주었다. 손가락을 부리에 살짝 대었는데도 따끔한 게 송곳처럼 뾰족해 보였다.

'됐어. 이 정도라면 한번 붙어볼 만해. 위험하면 날아오르겠지.'

영포는 기분이 좋아져서 집을 나섰다. 집 앞에 있던 아이들이 몰려들었다.

"야, 꼬꼬 한 번만 보여 줘라."

"내일 대결 자신 있어?"

"꼬꼬가 이길 수 있을까?"

아이들이 호기심에 가득 찬 표정으로 떠들어댔다.

"몰라. 내일 돼 봐야지. 나는 최선을 다할 뿐이야."

영포가 천연덕스럽게 대답했다.

영포의 기도

학원에서도 공부가 잘되지 않았다. 빨리 집에 가고 싶은 생각뿐이었다. 영포는 서둘러 집으로 왔다. 그리고 집에 막 들어오던 영포는 깜짝 놀라 소리를 질렀다.

"엄마! 이게 어떻게 된 일이에요?"

"왜?"

엄마가 부엌에서 대답했다.

"꼬꼬가 축 처져 있잖아요."

"에이. 저놈의 닭을 팔아 버리든지 해야지, 저놈 때문에 얼마나 힘이 드는지."

엄마가 투덜거리며 마당으로 나왔다.

"아니 저게 왜 저러지? 아까까지 팔팔했는데. 병 걸린 모양이다. 그만 갖다 버려라." 엄마가 대수롭지 않은 듯이 꼬꼬를 쓱 한번 쳐다보고는 다시 들어가 버렸다.

"꼬꼬야. 정신 차려!"

영포는 너무 당황해 어찌할 바를 몰랐다. 꼬꼬를 흔들어 보기도 하고 물을 주기도 했지만, 꼬꼬의 축 처진 몸은 전혀 반응하지 않았다.

'아니, 이게 뭐야? 뭔가 축축한 게 있는데….'

영포가 꼬꼬 주변에 묻어 있는 끈적끈적한 액체를 자세히 살펴보았다. 물똥이었다.

"엄마!"

영포가 엄마를 부르며 마루로 뛰어 올라갔다.

"엄마, 닭도 설사해요?"

"모르겠다. 그런데 닭도 살아 있으니까 그럴 수도 있지 않겠냐. 애들이 계속 보러오니 아무리 짐승이라도 오죽 스트레스가 받쳤겠니?"

"그런데 혹시 설사에 잘 듣는 약 없어요?"

"갑자기 설사약이 어디에 있니?"

"그럼, 어떡해요? 내일 대결을 해야 한단 말이에요."

"뭔 소리야? 닭이 대결을 하다니. 너, 닭싸움 붙이니?"

엄마가 앙칼진 목소리로 말했다.

"요즘 공부 좀 하는 거 같더니, 저놈의 닭 새끼 때문에 또 공부를 안 하는구나. 내 저놈의 닭을 당장에 갖다 버리든지 해야지."

엄마가 벌떡 일어나 빗자루를 움켜잡았다.

"엄마, 제발, 그만둬요. 꼬꼬가 낫지 않으면 내가 다시 꼴찌라고 왕따를 당한단 말이에요."

영포가 엄마의 손을 붙잡고 엉엉 울음을 터뜨렸다. 어이없다는 표정으로 영포를 바라보던 엄마는 빗자루를 바닥에 내던졌다.

"아이고 모르겠다."

엄마는 포기한 듯이 방으로 들어가 버렸다. 그러나 영포는 도저히 꼬꼬를 밖에 놔두고 혼자 들어갈 수가 없었다. 영포는 마당에 내려가 축 처진 꼬꼬의 머리를 무릎에 올려놓았다. 꼬꼬는 축 늘어진 채 영포의 무릎에 고개를 부볐다.

"으휴. 쯧쯧! 저러니 계속 꼴찌를 하지."

영포가 들어오지 않자, 다시 밖으로 나온 엄마가 그 모습을 내려다보며 또 다시 타박을 했다. 영포는 울어서 엉망이 된 얼굴로 엄마를 올려다보았다. 몇 번이나 혀를 차던 엄마는 작은 그릇을 하나 내밀었다.

"옛다. 네 아버지가 전에 주고 간 쿠키를 갈아서 가루로 만든 거다. 쿠키 속에 미생물인지 뭔지가 들어가 있기 때문에 배 아픈데 잘 듣는다고 하던데… 뭐. 믿을 수가 있는 화상이어야지. 그 화상만 아니었어도 네가 꼴찌는 안 했을 텐데…."

순간 무당의 말이 떠오른 엄마는 말을 멈췄다.

"빨리 자거라. 잠 못 자면 공부에 방해된다."

말을 마친 엄마는 방으로 들어가 버렸다.

영포는 다급하게 쿠키 가루를 물에 섞었다. 작은 숟가락으로 그것을 떠서 내밀자, 꼬꼬는 축 처진 상태로 그것을 받아먹었다. 다른 사람이 먹이를 줄 때에는 부리로 먹이를 툭툭 건드리며 경계를 하는 꼬꼬였지만 영포가 주는 것만은 무엇이든지 잘 받아먹었다.

꼬꼬에게 그 가루를 전부 먹인 뒤, 영포는 꼬꼬를 쓰다듬으며 하늘을 올려다보았다. 밤하늘에 별이 반짝반짝 빛나고 있었다.

"별님, 제발 우리 꼬꼬를 낫게 해 주세요."

영포는 빌고 또 빌었다.

"꼬…꼬…."

까무룩 잠이 들었던 영포가 번쩍 눈을 떴다.

"금방 꼬꼬 소리가 들렸는데…."

영포는 비몽사몽 간에 주위를 둘러보았다.

"꼬꼬야!"

영포가 놀라 벌떡 일어났다. 꼬꼬가 힘차게 날개를 퍼덕였다.

"이럴 수가! 꼬꼬 너 다 나은 거야?"

영포는 너무 기뻐서 자기도 모르게 꼬꼬를 와락 끌어안았다. 영포의 눈에 눈물이 그렁그렁했다.

어느새 주변이 밝아오고 있었다.

대결

수업이 끝난 후 아이들이 주택가 공터로 몰려들었다. 다혜를 비롯한 여자아이들도 여럿 보였다. 영포와 남호는 공터의 양쪽 끝에서 서로를 노려보고 서 있었다. 영포의 옆에는 털이 하얀 꼬꼬가, 남호의 옆에는 사납게 생긴 커다란 고양이가 목줄에 묶인 채 서 있었다.

"어, 저건 싸움닭이 아니잖아."

"그렇네. 보통 닭이네."

"안 돼. 상대가 안 돼. 덩치가 저렇게 차이 나는데 어떻게 저 닭이 사나운 흑고양이를 이긴단 말이야?"

모여 있던 아이들이 한마디씩 떠들어댔다. 아이들 틈에는 몇 명의 어른들도 섞여서 이 이상한 대결을 흥미롭게 지켜보고 있었다.

"영포야, 꼭 이겨!"

다혜가 영포에게 다가와 조용히 속삭였다. 영포는 쑥스러운 얼굴로 다혜를 돌아보며 씩 웃었다. 반대편에서 영포와 다혜가 다정하게 웃고 있는 것을 본 남호의 표정이 일그러졌다.

"에이, 씨."

남호가 갑자기 잡고 있던 줄을 놓았다.

"카앙!"

고양이가 쏜살같이 꼬꼬에게 달려들었다.

"아악, 영포야!"

다혜의 비명에 뒤돌아 본 영포는 너무나 다급한 나머지, 꼬꼬의 목줄을 풀지도 못한 채 잡고 있던 줄을 놓아 버렸다.

"카악!"

퍼드덕.

고양이가 휘두른 발톱이 꼬꼬의 몸에 닿으려는 찰나 꼬꼬가 아슬아슬하게 날아올랐다. 낮은 담 위로 간신히 몸을 피한 꼬꼬가 컥컥 숨을 헐떡였다. 순식간에 벌어진 일에 모여든 아이들이 손에 땀을 쥐고 상황을 지켜보았다.

"캬앙!"

고양이가 담 위로 뛰어오르며 다시 공격을 했다.

퍼드덕, 휙.

꼬꼬가 잽싸게 옆으로 피했다.

"크앙!"

약이 바짝 오른 고양이가 다시 달려들며 발톱을 휘둘렀다.

휙!

고양이의 공격을 피해 꼬꼬가 땅에 내려앉았다. 아이들은 잔뜩 긴장해서 숨소리도 제대로 내지 못했다.

"이 바보야! 빨리 물어! 물어 죽여 버리란 말이야!"

주먹을 불끈 쥔 남호가 소리쳤다. 남호의 눈빛이 사납게 이글거렸다. 영포는 얼어붙은 것 같은 얼굴이었다. 다혜는 도저히 더 이상 보기가 힘든지 고개를 돌려 버렸다.

"캬아악!"

담 위에 있던 고양이가 틈을 주지 않고 땅을 향해 뛰어내리며 발톱을 휘둘렀다.

"꼬꼭!"

퍼드덕. 꼬꼬가 간신히 다시 담 위로 날아올랐다. 그러나 다음 순간, 자세를 낮춘 고양이가 담 밑으로 달려들었다. 쏜살같이 뛰어든 고양이는 담벼락에 걸쳐진 꼬꼬의 목줄 끝을 물어 챘다.

"꼬꼬댁! 꼬꼬꼬!"

줄이 팽팽해지자 꼬꼬는 담 위에 두 발로 버티고 서서 떨어

지지 않으려고 안간힘을 썼다. 담 위를 한 번 쳐다본 고양이는 앞발을 이용하여 꼬꼬의 목줄을 밑으로 끌어내렸다.

탁…

탁탁…

탁탁탁.

꼬꼬는 담을 붙잡으려고 필사적이었다. 낡은 담장이 날카로운 발톱에 깎여 시멘트 가루가 흘러내리고 있었다.

영포는 더 이상은 꼬꼬를 지켜보지 못했다. 대신 두 눈을 감았다. 어제의 그 별님에게 간절히 빌었다. 제발 꼬꼬가 무사하게 해 달라고.

"어…어!"

아이들의 놀란 소리가 들렸다. 영포는 번쩍 눈을 떴다.

장면이 느리게 보였다. 꼬꼬가 중심을 잃었다. 발톱이 담장에 긁히는 소리가 기기긱하고 희미하게 들리는 것 같았다. 균형을 잃은 꼬꼬가 서서히 옆으로 기울어졌다. 그리고, 땅으로 떨어졌다.

퍽!

영포는 넋을 놓고 그 광경을 바라보았다.

바로 그때였다.

"카앙!"

고양이가 다시 이빨을 세우고 달려들었다.

'안 돼! 꼬꼬가 죽을 수도 있어.'

영포는 반사적으로 뛰어나갔다. 그러나 채 몇 걸음도 가지 못했다. 누군가 영포의 옷자락을 낚아챈 것이다. 영포는 뒤를 돌아보았다.

진식이가 히죽거리며 웃고 있었다. 어느 샌가 쫓아 나와 영포를 잡은 진식이가 영포를 원래 자리로 떠밀었다. 영포는 진식이를 밀고 달려 나가려고 했지만, 호식이도 함께 영포를 막아섰다. 그 사이에도 고양이의 공격은 계속되었다.

"카앙!"

찌이익.

고양이의 발톱에 꼬꼬의 한쪽 날개가 찢겨 나갔다.

"꼬꼬댁! 깨액!"

꼬꼬가 날카롭게 비명을 터뜨렸다.

"어머! 어떡해!"

여자아이들이 비명을 지르며 얼굴을 손으로 가렸다.

"잘한다. 물어! 콱 물어버리란 말이야!"

남호가 흥분해서 소리쳤다.

고양이는 더욱 맹렬하게 달려들었다. 찢어진 한 쪽 날개 때문에 균형을 잃은 꼬꼬는 더 이상 공격을 제대로 피하지 못했다. 꼬꼬는 힘겹게 기우뚱거리며 구경하는 사람들 사이로 달아났다. 고양이가 재빨리 따라 붙었지만 사람들에게 막혀 더 이상 꼬꼬에게 다가가지 못했다. 화가 난 고양이가 이빨을 갈며 으르렁댔다. 싸움은 그렇게 끝이 난 것 같았다.

그때였다.

"야, 빨리 길을 터 줘! 재미있어지는 데 지금 뭐하는 거야!"

누군가 큰 소리로 외쳤다.

어물거리던 사람들이 곧 양쪽으로 쫙 갈라졌다. 꼬꼬 역시도 사람들에게 막혀서 멀리 달아나지 못하고 있었다.

"카아앙!"

잠시 어리둥절한 표정을 짓던 고양이가 금새 꼬꼬를 발견했다.

고양이의 날카로운 포효 소리에 깜짝 놀란 꼬꼬는 담 한쪽 끝의 부서진 펜스 위를 힘겹게 올라가기 시작했다. 그러나 재빠른 고양이는 곧 꼬꼬의 바로 밑에까지 따라붙었다. 꼬꼬가 막 펜스 꼭대기에 다다랐을 때 고양이가 훌쩍 몸을 날렸다.

콱!

퍼드덕!

"꼬꼬대액!"

꼬꼬의 비명소리가 처절하게 울려 퍼졌다. 고양이의 날카로운 이빨이 꼬꼬의 한 쪽 발에 박혀 있었다. 꼬꼬의 다리에서는 붉은 피가 줄줄 흘러내렸다.

"끄윽…꼬꼬댁! 꼭, 꼬꼭꼬…."

꼬꼬가 심한 고통에 울부짖었다.

"안 돼! 그만해!"

겨우 진식이와 호식이를 밀어낸 영포가 앞으로 뛰어나왔다. 영포는 고양이를 떼어 놓으려고 안간힘을 썼다. 방해를 받아서 화가 난 고양이가 영포의 팔을 할퀴어댔지만 영포는 물러서지 않았다.

"쟤 뭐야? 빨리 막아! 지금 끝내주는 순간인데…."

그때 누군가 소리쳤다. 흥미진진하게 구경을 하던 아저씨였다.

그 말에 또 다른 남자가 달려들어 영포를 떼어냈다. 영포는 몸부림을 쳤지만 억센 힘을 당할 수는 없었다. 영포가 떨어져 나가자마자 어른들은 영포가 다시 접근하지 못하도록 재빨리 길을 막아 버렸다. 자신들의 재미를 위해서 불쌍한 꼬꼬의 최후를 보려는 것이었다.

사람들 뒤에서 애를 태우던 영포는 남호에게로 달려갔다.

"남호야, 내가 졌다. 제발 이 경기를 멈춰 줘! 안 그러면 우리 꼬꼬가 죽는단 말이야! 제발!"

영포는 남호에게 엉엉 울며 매달렸다. 남호는 영포를 옆으로 밀쳐냈다.

"저길 봐! 이제 나도 어쩔 수 없다는 걸 너도 잘 알잖아."

수많은 아이들과 어른들이 두 짐승을 에워싸고 고함을 지르며 흥분해 있었다.

"죽었다. 꼬꼬가 죽었어! 모든 게 내 탓이야. 애들에게 관심을 끌려고 내가 너를 죽인 거야."

영포가 땅바닥에 주저앉아 울부짖었다. 영포를 지켜보던 다혜가 옆으로 다가와 함께 눈물을 흘렸다.

한편 고양이는 여유로운 모습으로 최후를 준비하고 있었다. 고양이는 느긋하게 물고 있던 꼬꼬의 다리를 놓았다. 꼬꼬는 힘없이 주저앉았다. 고양이는 꼬꼬의 목을 노려보며 최후의 일격을 준비했다.

"키아앙!"

고양이의 마지막 포효 소리가 울려 퍼졌다.

그 순간, 고개를 늘어뜨리고 있던 꼬꼬가 눈을 번쩍 떴다.

담을 넘어

"캬아악!"

"꼬꼬댁!"

퍼드덕.

꼬꼬가 한쪽 날개를 휘저으며 날아올랐다. 사람들이 모두 조용해졌다. 침묵을 깨뜨린 것은 고통에 가득 찬 고양이의 울음소리였다.

다음 순간, 일제히 환호성이 터져 나왔다.

"와아아아!"

꼬꼬가 마지막 힘을 다해 고양이의 눈을 쪼아 버린 것이었다.

"캬악, 캭…."

한쪽 눈까지 마저 잃은 고양이는 철망에서 굴러 바닥으로 떨어졌다. 고통스럽게 몸부림치던 고양이는 몇 번 담에 머리를 박은 후 겨우 담을 넘어 달아났다.

"우와! 내 평생에 이렇게 흥미진진한 구경은 처음이야."

아저씨 몇 명이 신나게 떠들었다.

"오늘 정말 멋진 구경 했어. 너 동영상 찍었지?"

아이들도 흥분한 목소리로 삼삼오오 떠들며 지나갔다. 남호는 굳은 표정으로 꼬꼬를 한번 쳐다본 뒤 돌아서서 가버렸다.

영포는 길이 열리자마자 꼬꼬를 향해 달려갔다.

"흐흑, 꼬꼬야!"

그러나 꼬꼬는 철망 위에 축 늘어진 채, 꼼짝도 하지 않았다. 영포는 더욱 크게 흐느꼈다. 옆에 있던 다혜가 영포의 손을 살며시 잡아주었다. 영포의 손이 덜덜 떨리고 있었다.

'꼬꼬도 차가울 거야.'

할아버지가 돌아가시던 날이 떠올랐다. 그 날, 여느 때처럼 할아버지의 손을 잡았던 영포는 소스라치게 놀라 손을 뗐다. 할아버지의 손은 전과 다르게 싸늘했다. 그리고 그것이 할아버지와의 마지막이었다. 이별.

꼬꼬의 몸도 그렇게 싸늘할 것만 같았다. 영포는 꼬꼬의 몸에 손을 대지 못했다.

털썩.

영포는 기겁을 하며 물러섰다. 꼬꼬의 몸이 철망에서 미끄러져 영포의 앞에 툭 떨어졌다. 영포는 이제 꼬꼬를 쳐다보지도 못했다. 고개를 돌린 채, 그렇게 얼마간의 시간이 흘렀다.

"꼬꼬야… 꼬꼬야…."

영포는 울고, 또 울었다.

'어!'

다혜가 놀라서 소리를 지른 것은 그때였다.

"영포야! 꼬꼬의 눈이 움직여!"

영포가 다급하게 꼬꼬를 보았다. 정말이었다! 꼬꼬의 눈꺼풀이 희미하게 움직이고 있었다.

"꼬꼬가 살아 있어!"

다혜가 외쳤다.

영포가 머뭇머뭇 꼬꼬를 향해 손을 뻗었다. 차갑지 않았다. 따뜻했다.

'살았어! 살아 있어!'

눈물범벅이 되었던 영포의 얼굴에 환한 웃음이 번졌다. 영포는 꼬꼬를 꼭 끌어안았다.

변화는 너희들의 힘으로

"야, 마영포. 어제 대단했어. 네 닭은 진정한 싸움닭이야."

"아, 생각만 해도 짜릿해. 야, 어제 그 마지막 장면 말이야. 동영상으로 한 번만 더 보자."

아이들은 아침부터 동영상을 보며 어제의 대결에 대해 떠들어댔다.

"그만두지 못해!"

영포가 아이들에게 고함을 질렀다. 아이들이 깜짝 놀라 영포를 쳐다보았다.

"이제 너희들, 우리 집에 찾아오지 마. 나는 이제 너희들한테 왕따 당하는 거 두렵지 않아."

영포는 단호하게 말한 후 자리에 가서 앉았다.

"쟤, 아침부터 왜 저래, 우리는 꼬꼬가 멋있었다고 한 것뿐인데…."

"들었지? 우리를 완전히 벌레 취급하는 거?"

진식이가 애들을 둘러보며 부추겼다. 몇 명의 아이들은 고개를 끄덕였지만, 다른 아이들은 애매한 얼굴이었다.

"영포 말은 그게 아니잖아. 어제 꼬꼬가 하마터면 죽을 뻔했으니까…. 자기가 꼬꼬를 죽일 뻔했다고 가슴이 아파서 그러는 거야. 너희들이 좀 이해해."

다혜가 영포를 감싸 주었다.

"그래, 다혜 말이 맞아. 우리가 영포 기분을 좀 이해해 주도록 하자."

옆에 있던 상태도 나서서 영포를 감싸주는 말을 했다. 많은 아이가 고개를 끄덕였다.

"그럼, 내 기분은 왜 이해해 주지 않는데?"

남호가 상태를 쏘아보며 말했다. 상태도 남호를 똑바로 바라보며 되받았다.

"그건 전혀 다른 거지. 남호 네가 먼저 싸움을 걸어서 시작이 된 거잖아."

예전과 다른 상태의 당당한 태도에 남호의 심사가 잔뜩 뒤틀렸다. 남호가 상태를 쏘아보며 소리쳤다.

"너 이리와 봐!"

"내가 왜 네가 오란다고 가야 하는데?"

상태가 남호를 쏘아보며 대꾸했다.

"뭐?"

남호의 얼굴이 분노로 벌겋게 변했다.

"아니 이 자식이, 지금 반장이 부르잖아. 반장이 부르면 당연히 가야지."

진식이가 남호의 눈치를 보며 끼어들었다.

"뭐? 이게 네 문제야? 왜 네가 나서는데?"

상태가 진식이를 쏘아보며 소리쳤다. 진식이는 상태의 당당한 태도에 잠시 주춤했다가 다시 말했다.

"뭐? 이 자식이! 반장이 하는 말은 담임선생님이 하시는 말씀과 똑같다는 선생님 말씀도 못 들었어? 너 같이 덜떨어진 녀석은 오늘 혼 좀 나야겠다."

"아이쿠!"

상태가 비명을 질렀다. 진식이가 순간 상태의 배를 주먹으로 때린 것이다.

철썩.

진식이가 배를 움켜잡고 고통스러워하는 상태의 뺨을 세게 때렸다. 상태가 맞는 모습을 본 영포가 주먹을 불끈 쥐고 자리에서 일어났다. 그때, 다혜도 자리에서 일어났다. 다혜는 눈물을 글썽이며 말했다.

"제발 이러지들 마! 친구들 간에 이러면 안 되는 거잖아!"

"얼씨구, 삼척동자가 꼴값을 떨어요. 또 눈물겨운 로맨스가 시작되었군. 똑똑한 척, 착한 척, 잘난 척은 혼자 다 하면서 내숭이나 떠는 애가…."

진식이가 능글능글한 표정으로 다혜를 조롱했다.

"뭐라고? 어떻게, 어떻게 그런 말을…."

충격을 받은 다혜가 두 손으로 얼굴을 감싸고 흐느꼈다. 화가 머리끝까지 난 영포가 자리에서 진식이를 노려보았다. 그리고 주먹을 불끈 쥔 채 진식이에게 다가갔다.

"뭐야? 어쩌자는 거야? 지금 나하고 한판 해보겠다는 거야?"

진식이는 겉으로 큰소리를 치면서도 뒤로 슬금슬금 물러났다. 그리고 눈짓으로 남호에게 도움을 요청했다. 남호는 굳은 표정으로 보고만 있었다.

"영포야. 그러지 마. 폭력은 안 돼."

상태가 영포를 뜯어말렸다.

"너는 저 녀석에게 맞고만 살 거야?"

영포가 상태를 보며 소리쳤다.

"아니, 나에게 좋은 생각이 있어."

상태가 앞을 바라보며 조용히 말했다.

"무슨 생각?"

영포도 앞을 바라보았다. 교단 위에 붙어있는 '학급자치규칙'이라는 액자가 눈에 들어왔다. 옆에 있던 상태가 영포를 보며 고개를 끄덕였다.

'그래, 너희들의 문제는 너희들 스스로 해결해야지. 용기를 가지고 노력을 할 때 진정으로 바뀌게 되는 거야. 이제 내가 나설 일은 거의 없는 것 같군.'

교실 문밖에서, 아이들의 행동을 지켜보고 있던 김석주 선생님은 빙그레 웃었다.

48

진정한 용기

다음 날, 선생님이 아이들을 둘러보며 말했다.

"이번 시간은 학급회의 시간입니다. 여러분들이 자유롭게 회의 주제를 정해서 토의해 주기 바랍니다. 자, 의장. 회의를 진행하도록 하세요."

선생님은 교단 옆 의자로 물러나 앉았고 부반장인 다혜가 일어나서 교단 앞으로 나갔다. 학급자치규칙에 따라 학급회의를 진행하는 의장은 부반장으로 되어 있었다. 다혜가 아이들을 둘러본 후 진지한 표정으로 말했다.

"오늘은 전에 만들어진 학급자치규칙에 따라 중요한 문제를 처리해야 할 것 같습니다. 진식이가 상태를 때리고, 아이들을 괴롭혔기 때문에 규칙에 따라 벌을 받아야 한다는 제안이 들어 왔습니다."

"뭐라고?"

"누가 그런 말도 안 되는 제안을 했는데?"

남호와 진식이가 영포와 상태를 노려보았다. 영포와 상태는 말없이 앉아 있었다.

"자, 여기에 대해서 의견을 얘기해 주시기 바랍니다."

"내가 잘못한 게 없는데 무슨 의견을 얘기한다는 거야?"

진식이가 악에 받쳐 소리쳤다. 그리고 험악한 얼굴로 아이들을 둘러보았다.

"다시 한번 묻겠습니다. 의견을 발표할 사람이 없습니까?"

다혜가 아이들을 둘러보았다. 진식이에게 겁을 먹은 아이들은 다혜의 눈을 슬며시 피해버렸다.

영포가 손을 들었다.

"아무도 발표할 사람이 없으니 제가 하도록 하겠습니다. 저는 어제 진식이가 상태를 때리는 것을 분명히 보았습니다."

"어디를 때렸습니까?"

다혜가 영포를 쳐다보며 말했다.

"완전히 거짓말이야! 영포 이 자식, 내가 미우니까 너와 상태가 짜고 없는 사실을 만들어 내는 거잖아!"

진식이가 사납게 으르렁거렸다. 김석주 선생님은 가끔 공책에 무언가를 적으면서 말없이 아이들을 지켜보았다.

"그건 진식이 말이 맞습니다. 저도 그때 진식이를 보고 있었지만, 진식이가 상태를 때리는 것을 보지 못했으니까요."

호식이가 진식이를 거들고 나섰다.

"이런 상황이면 결론을 낼 수 없습니다. 양쪽 의견이 완전히 다르니까요. 또 발표할 사람 없습니까?"

다혜가 심각한 표정으로 아이들을 둘러보았다.

"아무도 없군요."

잠시 침묵이 흐른 뒤, 다혜가 뭔가를 결심한 듯이 말했다.

"아무도 발표를 하지 않으니 어쩔 수 없군요. 제가 발표하는 수밖에."

"뭐라고? 이건 규칙 위반이야. 사회자는 공정해야 하는 거 아냐? 지금 영포 편을 들려는 거잖아!"

진식이가 벌떡 자리를 박차고 일어났다.

"선생님, 사회자는 자신의 의견을 발표할 수 없는 건가요?"

다혜가 선생님을 쳐다보며 물었다. 선생님은 골똘히 생각에 잠겼다. 그리고 선생님이 고개를 저었다.

"그래, 사회자가 자신의 의견을 발표하면 진식이 말대로 공정하지 못한 것이 될 수도 있겠구나."

다혜의 얼굴이 어두워졌다. 반면 진식이는 입꼬리를 올리며 미소를 지었다. 교실의 모두가 조용하게 상황을 지켜보고 있었다. 잠시 망설이던 다혜가 말했다.

"그럼 사회자가 아닌 피해자로서는 발표할 수 있습니까?"

"그거야 당연한 거 아니니?"

선생님이 고개를 끄덕였다. 다혜가 아이들을 둘러보며 말했다.

"저는 이 자리에서 어느 한쪽 편을 들려는 게 아니라 있었던 사실을 그대로 얘기하려는 것입니다. 그날 남호와 상태가 시비가 붙어 다투는 데 진식이가 끼어들어 상태를 때렸습니다. 그리고 저한테 심하게 욕도 했고…."

어제의 일이 떠올랐는지, 이야기하는 다혜의 눈에 눈물이 고였다. 남호가 급하게 끼어들었다.

"아…, 다혜가 뭔가 오해를 한 것 같습니다. 여러분도 봐서 다 알고 있는 사실이지만 저는 상태와 다툰 것이 아니라 반장으로서 상태와 뭔가 얘기를 한 것뿐입니다. 다툰 것은 오히려 상태와 진식이죠. 이유는 모르겠지만 두 사람이 다투다가 진식이가 상태를 툭 치는 것을 보았습니다. 여기서 오해가 생긴 모양입니다."

남호가 한껏 부드럽게 웃으며 말을 이었다.

"상태는 맞았다고 생각하고, 진식이는 장난이라고 생각하고, 하하, 제가 볼 때는 분명히 오해였습니다. 그렇지만 아무리 장난이라도 진식이가 좀 심한 점이 있었기 때문에 진식이를 오늘부터 일주일간 화장실 청소를 시키는 게 좋겠다고 생각합니다. 여러분 생각은 어떻습니까?"

"맞습니다. 그게 좋겠습니다."

남호의 기세에 눌린 아이들이 여기저기서 맞장구를 쳤다.

"오늘 회의는 이것으로 끝내는 게 좋겠습니다."

남호가 웃으며 말했다.

"말도 안 돼. 거짓말입니다! 진식이가 분명히 저를 때렸습니다!"

상태가 남호를 쏘아보며 소리쳤다.

"거짓말이라니? 그럼 다른 애들한테 물어보면 누구 말이 맞는지 알 수 있겠네."

남호가 조롱기 가득한 목소리로 빈정거렸다.

"어이, 동호! 형철아! 내 말이 거짓말이니?"

"아니, 남호 말이 맞아."

두 사람이 동시에 말했다.

다혜와 상태, 영포는 할 말을 잃었다. 그러나 회의는 그렇게 끝이 났다.

"어, 남호야, 어쩐 일이야?"

그 날 오후, 화장실 청소를 하고 있던 진식이는 남호를 보고 당황한 얼굴이었다.

"너, 이리 와 봐."

진식이가 머뭇머뭇 남호에게 가까이 다가왔다.

철썩.

남호가 진식이의 뺨을 세게 후려쳤다.

"너, 이 자식, 한 번만 더 그런 실수하면 죽을 줄 알아. 네가 행동을 잘못해서 나까지 말려들 뻔했잖아. 내 말 한마디면 너는 끔찍한 옛날로 되돌아갈 수 있다는 걸 명심해!"

남호가 차갑게 말했다. 진식이의 얼굴이 하얗게 질렸다. 진식이는 남호에게 애원했다.

"남호야, 미안해. 앞으로 너한테 피해 주는 행동을 절대 하지 않도록 할게. 한 번만 용서해 줘."

탄로 난 비밀

“야, 꼬마! 너, 왜 여기서 얼쩡거려? 1학년 교실은 저쪽이야.”

호식이가 1학년 명찰을 단 아이가 교실 뒷문을 기웃거리는 것을 보고 말했다.

“가만, 너 얼굴이 까무잡잡한 게 우리나라 사람 아니구나. 너, 외국에서 왔지?”

“아니요, 나는 우리나라 사람인데요.”

“그러니까, 우리나라가 어디냐고? 어디서 왔냐 말이야?”

“우리나라가 여긴데요. 다른 데는 우리나라가 없는데요.”

꼬마가 눈을 말똥말똥하게 뜨고 천연덕스럽게 말했다.

“뭐? 이 자식이 형을 놀리나? 똑바로 대답 안 해!”

호식이가 언성을 높였다. 그 바람에 교실에 있던 아이들이 모여들었다.

"야, 뭔데?"

동호가 호식이를 쳐다보며 말했다.

"아, 이 꼬마가 자꾸 헛소리를 하잖아."

"야, 너, 깜둥이구나. 어이, 깜둥이 왜 여기 있어? 너희 나라로 안 가고?"

동호가 재미있다는 듯이 꼬마를 놀렸다.

"여기가 우리나라인데요."

1학년 꼬마는 어리둥절한 얼굴로 형들을 번갈아 보았다.

콩!

동호가 꼬마의 머리를 쥐어박았다.

"으앙, 형아야!"

꼬마가 결국 울음을 터뜨렸다.

"그러지 마, 왜 애를 놀리고 그래?"

다혜가 얼른 나와서 꼬마를 끌어안고 달랬다.

"그래그래 괜찮아, 울지 마. 누나하고 가자. 누나가 데려다 줄게."

다혜가 꼬마의 손을 잡고 밖으로 나갔다. 잔뜩 겁을 먹은 꼬마가 더듬더듬 말했다.

"형아 만나야 해요. 형아가 오지 말라고 해도 오늘은 꼭 만나서 같이 집에 가야 해요. 오늘은 집에 엄마도 없고 형아가 열쇠를 가지고 있어요."

"알았어. 내가 형아 있는 데 데려다 줄게. 네 형아 지금 어디 있는데?"

"아까 그 교실에 다니는데요."

"우리 교실 말이니?"

꼬마가 고개를 끄덕였다. 다혜가 고개를 갸웃했다.

'우리 교실에는 다문화 가정이 없는 거 같던데….'

"네 형아 이름이 뭔데?"

"주진식이에요."

"뭐?"

다혜는 깜짝 놀란 표정을 짓다가, 자신을 쳐다보고 있는 꼬마를 의식해서 어색하게 웃었다.

'그럴 리가? 우린 전혀 몰랐는데…. 진식이가 조금 검긴 해도 다문화 가정 아이처럼 보이지는 않았는데….'

다혜는 믿을 수 없다는 표정으로 고개를 갸우뚱했다.

"그래. 누나가 형에게 데려다 줄게."

다혜는 진식이가 청소를 하고 있는 화장실로 꼬마를 데리고 갔다.

"형아야!"

진식이가 놀란 얼굴로 꼬마를 쳐다보다가, 황급히 주변을 둘러보았다.

"저리 가! 여기 오지 말랬잖아. 빨리 가!"

진식이가 훠이훠이 손을 내저었다.

"형아야, 오늘은 같이 가야 된다. 엄마가 집에 없다."

"뭐? 그럼 교문에서 한참 떨어진 곳에서 기다리고 있어. 내가 청소 끝나고 갈 테니까."

진식이가 목소리를 낮추어 소곤거렸다.

"그런데 어떤 누나하고 같이 왔는데…."

"뭐라고?"

진식이가 깜짝 놀라 급하게 화장실 문밖으로 고개를 내밀었다. 다혜와 진식이의 눈이 마주쳤다.

처음 보는 얼굴

"우리 얘기하는 거 들었어?"

동생이 보이지 않을 정도로 멀어질 때까지, 말없이 서 있던 진식이가 조심스럽게 물었다.

"응, 다 들었어. 근데 왜?"

다혜가 진식이를 빤히 쳐다보며 대답했다.

"아니, 그게…."

몇 번 입을 벙긋거리던 진식이가 머뭇머뭇 말했다.

"애들에게 얘기할 거지? 내가 깜둥이라고."

"그래."

다혜가 단호하게 말했다.

"안 돼! 제발 말하지 말아 줘. 애들이 내가 깜둥이인 것을 알면 나는 다시 왕따가 될 거야. 영포보다도 더 심한 왕따 말이야. 으…으."

진식이의 얼굴이 울상으로 일그러졌다. 다혜는 진식이를 어이없다는 듯 쳐다보았다.

"난 네가 얼마 전에 나한테 욕한 거, 잊지 않았어. 너는 친구의 마음을 그렇게 아프게 하는 데 내가 왜 너의 사정을 봐줘야 하지? 너도 괴로워 봐야 너한테 당한 친구의 아픔을 알 수 있는 거 아냐? 그게 공평한 거 아닌가?"

"넌 모를 거야. 애들에게 놀림 받는 게 어떤 건지, 왕따 당하는 게 어떤 건지, 그건…. 정말…, 너무 괴로웠어."

진식이가 울먹울먹 힘겹게 말했다. 다혜는 진식이를 쏘아보았다.

"그런 걸 그렇게 잘 아는 애가 영포를 왕따시키고, 다른 아이들을 왜 그렇게 괴롭혔니?"

"그건… 무서워서야. 다시 왕따 당할까 봐…."

"무서워서 다른 친구들을 괴롭혔다니, 그게 말이 돼?"

다혜가 단호한 목소리로 말했다. 진식이가 다급하게 말을 이었다.

"진짜야! 작년에, 전학 오기 전에, 깜둥이라고 엄청 놀림당하고 왕따도 당했단 말야. 그래서 전학 온 거야. 그런데… 여기서도 들켜서…. 남호가 비밀로 해주는 대신에 자기 졸병이 되라고 했어. 그래서 어쩔 수 없었던 거야."

다혜는 할 말을 잃었다. 진식이의 눈에 눈물이 그렁그렁 차올랐다.

"나는 남호가 시키는 대로 할 수밖에 없었어."

다혜가 작게 한숨을 내쉬었다.

"진식아, 네가 다문화 가정이라는 것은 전혀 숨길 일이 아니야. 그리고 피부가 검은 것은 절대로 부끄러워할 일이 아니고, 숨길 일도 아니지. 너를 놀리는 아이들이 나쁜 거야."

진식이가 고개를 들었다. 다혜는 차분하게 말했다. 이제는 진식이가 그동안 왜 그렇게 친구들에게 못되게 굴었는지 어느 정도 이해할 수 있었다. 그렇다고 해서 그동안 잘못이 없어지는 것은 아니겠지만, 불쌍하다는 생각도 들었다.

"진식아, 다시 한 번 말하지만 피부가 검은 건 사람마다 다른 거지 이상한 게 절대로 아니야. 나는 그렇게 생각해."

진식이의 훌쩍거리는 소리가 더욱 더 커졌다.

"네가 꼭 숨기고 싶다면 다른 아이들한테 얘기하지는 않을

게. 네가 나중에 당당하게 말해. 스스로 당당해지면 아무도 진식이 너를 놀리거나 왕따시키지 못할 거야."

한결 부드러워진 얼굴로 진식이를 보던 다혜는 발걸음을 돌렸다.

"내일 봐."

"잠깐만!"

그때, 진식이가 다혜를 붙잡았다. 다혜가 다시 몸을 돌려 진식이를 쳐다보았다. 잠시 머뭇거리던 진식이가 어렵게 입을 열었다.

"그, 그러니까…. 나라고 안 괴로웠던 거 아니야. 친구들 괴롭히면서… 나도 힘들었어. 차라리 다시 들켜서, 깜둥이 소리를 듣고 왕따 당하는 게 낫겠다고 생각한 적도 있었어. 진짜야. 이건 진심이야."

다혜는 안타깝게 진식이를 쳐다보았다. 진식이는 울음을 그치지 못했다.

"흐윽…. 끅…."

그렇게 한참을 끅끅 흐느껴 울던 진식이가 겨우 눈물을 닦고, 다혜를 바라보았다.

"너한테, 그동안 욕하고 놀린 것도… 미안해. 언제 꼭 말하고 싶었어. 남호는 네가 영포랑 사이좋게 지내는 걸 정말 싫어했어. 그래서 남호에게 잘 보이려고 그랬던 거야. 정말 미안해….”

다혜는 진식이의 얼굴을 말없이 바라보았다. 비굴하거나, 살살거리거나, 일그러지지 않은, 처음 보는 진식이의 모습이었다.

이별

“교장 선생님, 김석주라는 기간제 선생님 말입니다. 엄마들 사이에서 말이 굉장히 많습니다. 갑자기 이상한 규칙을 만들어서 평온한 교실에 아이들끼리 싸움을 붙이지를 않나, 학급 경영과 급식지도에 일관성도 없고…. 그래서 기간제 선생님을 좀 바꿔 주시면 좋겠습니다.”

흥분한 남호 엄마가 말을 길게 쏟아냈다.

“남호 어머니, 김석주 선생님은 유능한 분입니다. 지금은 조금 문제가 있는 것처럼 보일 수도 있지만, 곧 괜찮아질 겁니다.”

교장 선생님이 점잖게 웃으며 대답했다.

“글쎄, 그게 아니라니까요. 교장 선생님이 잘 모르셔서 그래요.”

"허허, 저도 잘 알고 있습니다. 김석주 선생님의 교육철학에 대해서도 잘 알고요. 조금만 더 지켜봐 주세요."

교장 선생님이 다시 미소를 지으며 부드럽게 말했다.

"교장 선생님이 정 그렇게 말씀하시면 저에게도 생각이 있습니다. 잠시 실례하겠습니다."

남호 엄마는 밖으로 나가더니, 누군가와 한참 통화를 했다. 남호 엄마는 한껏 의기양양한 얼굴이 되어 돌아왔다.

"교장 선생님, 5학년 2반 담임선생님이 다음 주부터 출근을 한다고 하네요. 그러면 기간제 선생님은 당연히 떠나야 하는 게 맞지요?"

"아, 네. 그건 그렇습니다."

교장 선생님이 당황스러운 표정으로 대답했다.

금요일 점심시간, 남호가 몇몇 아이들 앞에서 거만하게 말했다.

"봐! 내 말이 맞지? 담임선생님이 곧 돌아오실 거라고 했잖아."

"야호! 그럼 그전처럼 가장 먼저 점심을 먹고 축구를 할 수 있는 거야?"

호식이가 기분이 들떠서 떠들었다.

"당연하지. 앞으로 저 찌질이들은 점심시간에 가장 늦게 식사를 하고, 축구는 꿈도 꿀 수 없을 거야."

남호가 음흉하게 웃으며 고개를 끄덕였다. 그러나 진식이는 아이들과 어울리지 않고 조용히 혼자 앉아 있었다.

잠시 뒤, 수업 시작종이 울렸다. 김석주 선생님은 밝은 표정으로 교실에 들어왔다. 남호와 몇몇 아이들은 예상과 다른 선생님의 모습에 매우 놀란 얼굴이었다. 김석주 선생님은 아이들을 둘러보며 말을 시작했다. 또렷한 목소리였다. 아이들은 숨을 죽이고 선생님의 이야기에 귀를 기울였다.

"여러분 그동안 즐거웠어요…. 그리고 마지막으로 해주고 싶은 말은…."

마지막 이야기를 하려던 선생님이 한 번 더 아이들을 둘러보았다.

"여러분의 문제는 스스로의 힘으로 해결하려고 노력해야 한다는 것입니다. 교실의 변화는 여러분의 용기와 인내심이 있어야 가능해요. 그리고 많은 아이들이 힘을 합쳐서 노력해야 하겠지요. 그동안 여러분과 매우 의미 있는 시간을 보냈다고 생각합니다. 많이 보고 싶을 것 같네요. 안녕."

선생님은 언제나 그랬던 것처럼, 차분한 모습으로 교실 문을 나섰다. 영포를 비롯한 많은 아이들이 선생님을 배웅하려고 따라 나갔다.

"선생님 많이 보고 싶을 거예요. 안녕히 가세요."

이별을 맞은 아이들의 목소리에는 안타까움이 가득했다. 그러나 반대로, 교실 안에서는 환호성이 터져 나오고 있었다.

"야! 해방이다! 뭐? 저런 이상한 선생님이 보고 싶다고 난리들이야? 말도 안 돼. 다시 만날까 봐 겁난다."

남호와 몇몇 아이들의 웃음소리가 교실에 쩌렁쩌렁하게 울려 퍼졌다.

위기의 '학급자치규칙'

돌아온 담임선생님은 아직 몸이 아픈지 얼굴이 창백했고, 전보다 훨씬 더 신경질적이었다.

"반장, 이건 뭐야?"

선생님이 벽에 붙어 있는 액자를 가리켰다.

"그건 기간제 선생님이 만들어 붙인 겁니다."

남호가 기다렸다는 듯이 일어나 대답했다.

"학급자치규칙? 1조, 친구를 때리고 괴롭히지 않기? 아니, 우리 반에 누가 아이들을 때리고 괴롭힌다고 이런 것을 만들었어? 우리 반은 '왕따·폭력 제로 반' 패찰까지 붙어 있는 반인데… 반장! 저 액자 당장 떼어 내! 다른 사람들이 보면 문제가 많은 학급이라고 오해할 거 아냐?"

선생님이 퉁명스럽게 말했다.

"네, 알겠습니다. 사실 그동안 이것 때문에 애들끼리 괜히 오해가 생기곤 했었습니다. 바로 떼 내겠습니다."

남호가 공손하게 대답한 후 액자를 떼 내려고 했다. 다혜가 다급하게 끼어들었다.

"선생님, 그건 김석주 선생님이 만든 게 아니라 저희들이 만들어 붙인 겁니다."

"뭐? 너희들이 만들어? 왜? 무엇 때문에?"

선생님이 못마땅한 표정으로 다혜를 쳐다보았다.

"아니 뭐, 특별한 이유가 있어서가 아니라…."

다혜는 사실대로 말하지 못하고 머뭇거렸다.

"우리 반에는 반장이 훌륭해서 약한 애들을 잘 보살펴 주고 있으니까 전혀 문제가 없잖아? 반장, 그 액자 지금 떼서 창고에 갖다 놓도록 해!"

선생님이 목소리를 높였다.

"네. 알겠습니다."

기분이 좋아진 남호는 애써 웃음을 참고 있었다.

그때, 교실 앞문 쪽에서 노크 소리가 들렸다. 교장 선생님과 카메라를 든 기자가 교실로 들어왔다.

"아니, 교장 선생님께서 어떻게?"

담임선생님은 어안이 벙벙한 얼굴로 교장 선생님을 쳐다보았다.

"아. 전달이 안 됐습니까? 아까 연락을 했는데…."

"예?"

그 사이에, 기자는 교실 앞쪽의 액자를 찍기 시작했다. 교장 선생님이 잔잔히 미소를 지으며 설명을 해주었다.

"요즘 학교폭력, 왕따 이런 문제가 많지 않습니까? 그런데 이 반은 학급자치규칙을 아이들이 직접 만들었다면서요? 이게 아주 좋은 사례로 소문이 나서, 내일 신문에 사진이 올라가게 됐습니다. 교육청에서도 많은 관심을 가지고 지켜보고 있어요."

당황한 선생님은 언제 액자를 떼어내라고 했냐는 듯 시치미를 뗐다.

"아, 그게…. 중간에 전달이 잘 안 됐나 봅니다. 하하. 확실히 좋은 사례가 될 수 있을 것 같습니다. 애들이 어떻게 이런 기특한 생각을 했는지…. 앞으로도 저 액자에 담긴 '학급자치규칙'을 철저히 지켜서 더욱더 좋은 학급을 만들도록 하겠습니다."

교장 선생님이 나가고 난 후 교실은 숨소리조차 들리지 않을 정도로 조용했다. 잠시 무안한 얼굴로 서 있던 선생님은 남호에게 나무라듯이 말했다.

"반장! 왜 미리 말을 안 했어? 저 액자에 그런 좋은 사연이 있으면 말을 했어야지!"

"저… 그게…."

남호는 갑자기 돌변한 상황에 어쩔 줄 몰라 하며 머뭇거렸다.

53

선물

담임선생님이 오고 난 후 모든 것은 전과 같이 되돌아갔다. 점심 식사 인솔도 남호가 하게 되었고, 제일 앞줄은 당연히 남호와 몇몇 아이들의 차지였다. 예전의 거만한 얼굴을 되찾은 남호가 말했다.

"야, 빨리 밥 먹고 축구 하자."

"알았어."

호식이와 동호가 싱글벙글 웃으며 대답했다.

"근데, 진식이 너 요즘 왜 그래? 축구하는 데 어울리지도 않고."

남호가 못마땅한 표정으로 진식이를 쳐다보았다.

"아, 미안해. 요즘 몸이 좀 아파서 그래."

진식이가 힘없이 대답했다. 제일 늦게 배식을 받은 영포와 상태는 밥을 먹으며, 벌써 축구를 하고 있는 아이들을 부러운 눈빛으로 쳐다보았다.

"에이, 짜증 나. 담임선생님이 오고 난 뒤부터 남호의 횡포가 더 심해졌어. 이제는 아예 우리 둘을 지명해서 제일 뒤쪽에 서라고 하잖아. 이건 해도 해도 너무 불공평한 거 아냐?"

상태가 짜증을 냈다.

"식사하고 시간이 나면 컴퓨터실에나 가자. 뭐 찾아볼 것도 있고."

영포가 상태를 다독였다.

"그래. 나는 웹툰이나 봐야겠다."

컴퓨터실에도 아이들이 많이 모여 있었다. 주로 여자아이들이었다. 영포와 상태가 한쪽 구석 자리에 앉자 여자아이들이 두 사람을 힐긋힐긋 쳐다보았다.

'다른 남자애들은 대부분 운동장에서 놀고 있는데 쟤들은 왜 여기에 왔지?'

꼭 그렇게 말하는 것 같은 시선이었다. 그렇지만 꼬꼬에게 줄 선물을 꼭 찾아보아야 했다.

'가엾은 녀석, 축 처져가지고….'

영포는 꼬꼬를 생각하며 잠시 눈시울을 붉혔다.

'나비 장식 핀이 좋을까? 비둘기 모양 목걸이가 잘 어울릴까?'

영포는 꼬꼬에게 줄 선물을 열심히 찾아 보았다. 옆을 지나가던 여자아이들이 화면을 힐끔거렸다. 이상하게 보는 시선이 느껴져 얼굴이 화끈거렸지만, 영포는 애써 아무렇지도 않은 척 화면을 들여다보았다.

나비 장식 핀이 좋을 것 같았다.

수업을 마치고 학원에 갔다가 집에 돌아온 영포는, 나비 장식 핀을 꽂아줄 꼬꼬의 깃털 부분을 가만가만 쓰다듬었다.

"꼬…꼬."

꼬꼬가 발을 절면서 영포에게 천천히 다가와 몸을 비볐다.

"꼬꼬야, 미안해. 빨리 나아라. 형아가 멋진 선물 사 줄게."

"꼬꼬."

꼬꼬가 영포의 말을 알아들은 것처럼 영포의 가슴으로 파고들었다. 영포는 꼬꼬를 꼭 껴안고 밤하늘을 쳐다보았다. 별빛이 영포와 꼬꼬를 따스하게 비추고 있었다.

여자 화장실 사건

"저어, 선생님, 화장실 좀 다녀오겠습니다."

영포가 주저주저하며 말했다.

"뭐? 너, 쉬는 시간에 화장실에 다녀오라는 얘기, 못 들었어?"

담임선생님이 못마땅하다는 듯이 말했다.

"들었는데…, 갑자기 배가 아파서…."

영포가 기어들어 가는 소리로 대답했다.

"다른 애들은 멀쩡한데 왜 너만 갑자기 배가 아파? 빨리 갔다 와."

영포는 아픈 배를 움켜잡고 복도 끝에 있는 화장실을 향해 걸어갔다. 멀리 화장실 안으로 어떤 아저씨가 들어가는 것이 얼핏 보였지만, 영포는 생각에 잠겨 있었다.

'아무래도 아까 점심을 먹자마자 뛴 것이 문제인 것 같아. 그렇지만 꼬꼬에게 줄 장식 핀을 사기 위해서는 어쩔 수가 없었어. 수업이 끝나면 곧장 학원으로 가야하고, 학원이 끝나면 나면 핀을 파는 좌판대는 항상 가버리고 없으니….'

주머니의 나비 모양 장식 핀을 만지작거리며 영포는 흐뭇하게 웃었다. 꼬꼬 생각을 하며 화장실에 도착하니 신기하게도 방귀가 나오면서 아픈 배가 훨씬 나아졌다.

영포는 다시 교실로 돌아가려고 걸음을 옮겼다. 그런데 뭔가 이상하다는 생각이 들었다. 아까 화장실에 들어갔던 아저씨가 남자 화장실 안에 보이지 않았다.

'가만, 좀 전에 본 그 아저씨 남자 화장실로 들어간 거 맞나? 왜 없지? 혹시 여자 화장실로 잘못 들어간 거 아냐?'

영포는 배가 많이 나아져서 교실로 가려다가 그 아저씨 생각이 나서 여자 화장실 입구 쪽을 힐끔 쳐다보았다. 여자 화장실 안쪽 문 앞에 가만히 서 있는 남자의 뒷모습이 보였다.

'어! 저 아저씨 저기서 뭐 하는 거지?'

그 순간, 아저씨가 고개를 돌렸다.

‘아니, 저… 저….’

영포는 그대로 얼어붙었다.

남자는 얼굴에 검은 복면을 하고 있었다. 남자의 손에 들린 뭔가가 빛을 받아 번뜩였다.

칼이었다! 영포는 겁에 질려 슬금슬금 뒷걸음질을 쳤다.

그때, 화장실 안에서 ‘철컥’ 하고 잠금장치를 열고 나오려는 소리가 났다. 여자 화장실 안에 누군가가 있는 게 분명했다.

‘안 돼!’

영포는 자신도 모르게 앞뒤를 가리지 않고 화장실 안으로 뛰어들었다. 그런데 바닥이 미끄러웠다.

쿵!

“꺄아악!”

영포는 요란하게 미끄러졌다. 그와 동시에 문을 열고 나오려던 여자아이가 비명을 질렀다.

영포의 등장에 당황한 남자는 열린 창문을 통해 잽싸게 달아나 버렸다. 겁에 질린 여자아이는 도로 화장실 칸 안으로 들어가 문을 잠갔다. 울음소리가 밖으로 새어 나왔다. 얼마 지나지 않아 수업 중이던 선생님과 아이들이 우르르 몰려왔다.

“뭐야? 무슨 일이야? 비명 소리가 들린 것 같은데….”

모두가 보게 된 것은 여자 화장실 바닥에 넘어져 있는 영포였다.

“화장실 안에 누가 있니? 이제 괜찮아. 선생님이야.”

여자 선생님 한 분이 화장실 문에 노크를 했다. 얼굴이 눈물범벅이 된 여자아이가 그제서야 밖으로 나왔다.

"교장 선생님, 아무래도 경찰에 신고해야 할 것 같습니다. 영포라는 애가 그러는데, 어떤 복면을 한 남자가 여자 화장실 문 앞에 칼을 들고 서 있었답니다…."

생활 지도 선생님이 심각하게 말했다.

"음…, 당연히 신고해야지요."

교장 선생님이 굳은 표정으로 대답했다. 화장실 주변에는 이미 많은 선생님과 아이들이 모여 있었다.

잠시 후 경찰이 도착했다. 경찰관은 먼저 화장실 내부와 밖을 살펴본 뒤, 생활 지도 선생님에게 물었다.

"선생님, 혹시 창문 바깥쪽에 CCTV가 설치되어 있습니까?

"저 그게 설치는 되어 있는데… 고장이 나서 지금 수리 중입니다."

생활 지도 선생님이 난처한 목소리로 말했다. 다른 경찰관이 옆에 있던 배움터 지킴이 선생님을 쳐다보았다.

"그 시간에 이상한 사람이 출입한 적이 있습

니까?"

"전혀 없었습니다. 제가 눈을 부릅뜨고 지키고 있었으니까요."

아저씨가 자신 있게 말했다.

"선생님, 저 잠깐만 보시죠."

경찰관이 생활 지도 선생님에게 다가갔다. 모여 있던 선생님과 아이들의 시선이 그 경찰관에게 집중되었다.

"저희들이 수사를 해 보겠지만, 아까 그 영포란 애에 대해서도 조사를 해 볼 필요가 있는 것 같습니다."

"그 말씀은? 영포가 여학생에게 나쁜 짓을 했다는 얘기입니까?"

"아 뭐, 꼭 그렇다는 얘기는 아니고, 그럴 가능성도 있다는 거죠. 요즘 애들 조숙하지 않습니까? 그럼 일단 저희들은 돌아가도록 하겠습니다."

그 말을 들은 아이들이 곳곳에서 수군거리기 시작했다.

"뭐? 설마 영포가 그런 짓을 했을라고?"

"얼마 전에도 1학년 여자애를 건드렸다고 하던데."

"며칠 전에는 컴퓨터실에서 여자 물건들을 검색했대."

그 수군거림은 점점 더 많은 사람들에게 퍼져 나갔다.

55

억울한 상담

"그 여자애가 무슨 말을 하던가요?"

교장 선생님이 상담 교사에게 물었다.

"너무 놀라서 화장실 안에 떨면서 가만히 있었는데, 다른 소리는 듣지 못했고 '쿵' 하는 소리만 들었다고 합니다."

"쿵하는 소리요? 그거 영포가 넘어지면서 낸 소리 아닙니까?"

"그렇습니다."

"다른 소리를 듣지 못했다면 그 화장실에 영포밖에 없었다는 말인데…. 그렇다면 진짜 영포가 그런 짓을 했을 수도 있다는 거네요?"

"현재로서는 그렇게 생각할 수밖에 없습니다."

"음… 음, 그럼 일단 가능성을 염두에 두고 영포를 상담해 보세요."

교장 선생님이 무거운 표정으로 말했다.

"영포야, 솔직히 말해봐. 너처럼 어릴 때는 한 번씩 실수도 할 수 있는 거야. 다 이해할 수 있어."

"지금까지 솔직히 다 말씀드렸는데요."

"아니, 상식적으로 말이 안 되잖아. 배가 갑자기 아파서 수업 중에 화장실에 갔는데 금방 다 나아서 다시 교실로 돌아오는 중이었다고 했잖아. 그런데 그 짧은 시간에 아프던 배가 어떻게 갑자기 나을 수 있어?"

상담 교사가 믿기 어렵다는 투로 말했다.

"그런데 진짜 다 나았거든요."

영포는 진지하게 말했다.

"그리고, 만일 그 화장실에 네가 말한 대로 복면을 한 남자가 있었다면 그 짧은 시간에 갑자기 어디로 사라졌다는 거야? 여자애도 '쿵' 하는 소리밖에 듣지 못했다잖아. 그 소리는 네가 바닥에 넘어지면서 낸 소리고. 혹시 화장실에 너 혼자밖에 없었던 거 아냐?"

상담 교사가 말을 하며 영포의 표정을 살폈다.

"아니에요, 절대 아니에요. 분명 복면을 한 남자가 창문으로 쏜살같이 사라졌다고요. 저는 그냥 놔두면 화장실에 있던 여자애가 큰일 나겠다 싶어서 뛰어든 거뿐이라고요! "

영포가 답답한 마음에 눈물을 글썽였다.

"글쎄. 너는 그렇게 얘기해도 네 말이 잘 믿기질 않는구나. 너, 어제 컴퓨터실에서 여자 물건들을 검색했다던데 그건 무엇 때문에 했니?"

"제가 키우는 닭, 꼬꼬에게 장식 핀을 사주려고 한 거예요."

"닭에게 장식 핀을? 닭이 장식 핀을 꽂는 경우도 있니? 영포야, 솔직하게 말해보렴."

"진짜예요. 선생님, 제발 믿어 주세요."

"너는 그렇게 말하지만 누가 네 말을 믿어 주겠니?"

상담 교사가 고개를 절레절레 흔들었다.

"마영포! 또 너야? 너, 도대체 학교에 왜 다녀? 전교 꼴찌를 두 번이나 하고 이젠 이런 짓까지 하니? 공부를 못하더라도 착하게는 커야지. 네가 갑자기 배가 아프다고 수업 중에 화장실에 갈 때부터 이상했어. 결국 또 이런 사고를 쳐?"

영포가 상담실에 다녀와 교실에 들어서기 무섭게, 담임선생님이 소리를 빽 내질렀다.

"선생님, 제가 그런 게 정말로 아닙니다."

영포가 눈물을 글썽였다.

"시끄러워! 콩으로 메주를 쑨다고 해도 이제 네 말은 믿을 수가 없어."

선생님이 다시 고함을 질렀다. 아이들도 차가운 눈으로 영포를 바라보았다. 수업이 끝나자마자 영포는 주섬주섬 가방을 챙겨 교실 문을 나섰다.

"영포야, 아니지? 진짜 아니지?"

다혜가 뒤따라 나오며 말했다. 등 뒤에서 들리는 다혜의 목소리가 산에서 울려 퍼지는 메아리처럼 들렸다.

'아무도 내 말을 믿어 주지 않아….'

영포는 더 이상 대답할 기운조차 남아 있지 않았다.

꼬꼬야!

“아니, 영포 너 얼굴이 왜 그래? 학교에서 무슨 일 있었니? 애가 오뉴월에 더위 먹은 것처럼 식은땀이 흐르잖아.”

영포는 비틀비틀 집으로 들어섰다. 몸에 힘이 하나도 없었다. 머리가 어지러웠다. 영포를 보고 놀란 엄마가 달려 나와서 영포의 가방을 벗겨 들었다.

“자, 빨리 올라가자. 엄마가 꿀물 타 줄 테니까. 먹고 기운을 내서 학원 가야지. 학원에는 어떤 경우에도 빠지면 안 돼.”

영포는 대꾸도 없이 마루에 쓰러져 버렸다. 한참이 지난 뒤, 걱정스러운 얼굴로 시계를 흘끔거리던 엄마가 영포를 흔들어 깨웠다.

“영포야, 일어나야지. 학원 갈 시간이다.”

“으…음.”

영포는 일어날 듯 팔을 짚다 말고 다시 고꾸라졌다.

“애가 많이 아픈 모양이네. 이걸 어쩌지? 학원에 가야 하는데…. 중간고사도 며칠 남지 않았는데…. 이번엔 반드시 꼴찌를 면해야 하는데….”

엄마는 영포의 옆에서 초조하게 기다렸다. 또 시간이 조금 지난 뒤 엄마가 다시 영포를 흔들었다.

“영포야, 일어나거라. 이거 먹어라. 인삼 달인 물이다.”

“으…음.”

영포가 힘없이 눈을 떴다. 엄마가 영포의 등을 안아서 억지로 몸을 일으켰다.

“힘을 내서 학원 가야지. 이번에는 꼴찌를 면해야 할 거 아냐.”

엄마의 끈질긴 등쌀에 영포는 결국 가방을 메고 대문을 나섰다. 아까보다는 조금 덜 아픈 것도 같았다. 그러나 나간 지 몇 분도 지나지 않아, 영포는 뭔가 이상하다는 것을 깨달았다. 영포가 다급하게 집으로 돌아왔다.

“엄마, 문 좀 열어봐요!”

"아니, 왜 또 돌아왔어?"

엄마가 문을 열어주자 영포가 급하게 집 마당으로 들어섰다.

"꼬꼬가 안 보이잖아요. 꼬꼬가 많이 아픈 모양이네."

영포가 불안한 얼굴로 닭장 안쪽을 살펴보았다.

"어, 안 보이는데…. 엄마, 마루에 불 좀 켜보세요."

"불 켤 거 없다. 그 닭은 이제 없어."

"네? 꼬꼬가 없다니요?"

무슨 말인지 이해가 되지 않았다. 영포는 엄마를 빤히 쳐다보았다.

"오늘 친척 아저씨가 오셨는데 그분한테 줘버렸다."

"뭐라고요?"

영포의 눈이 휘둥그레졌다.

"너도 생각해 봐라, 이건 닭이란 게 알을 낳나, 절뚝거리며 움직이지도 잘 하지 못하는 주제에 모이만 축내고 있잖니. 또 닭장 안에 똥 냄새는 얼마나 나는지, 더러워서 견딜 수가 있어야지."

"엄마, 지금 그걸 말씀이라고 하세요? 빨리 그 아저씨 전화번호 불러주세요! 꼬꼬를 찾아 와야겠어요."

영포가 다급한 목소리로 말했다.

"이젠 소용없다."

엄마는 고개를 절레절레 저었다.

"네?"

"아까 그 아저씨가 전화 왔는데 날도 더운데 보신 잘했다고 하더라."

엄마가 태연하게 말했다.

"뭐라고요? 보신?"

영포가 집이 울릴 정도로 소리를 질렀다.

"지금 설마 꼬꼬를 잡아먹었다는 거예요? 설마…, 그럴 리가? 아니야! 그럴 리가 없어! 꼬꼬가 죽다니…."

한참 미친 사람처럼 중얼거리던 영포가 비명을 지르며 마당에 나뒹굴었다.

"으…으…으아악!"

"아니, 영포야, 왜 그러니?"

깜짝 놀란 엄마가 마당으로 뛰어 내려와 영포를 붙잡았다. 영포는 마당에 엎어진 채 넋이 나간 사람처럼 서럽게 울었다.

"흐으…흑…, 꼬꼬야! 꼬꼬야…. 네가 죽다니…. 죽다니…."

"아이구, 영포야. 엄마가 잘못했다. 제발 정신 좀 차려라."

엄마가 옆에서 발을 동동 굴렀지만, 영포는 꼼짝도 하지 않았다. 그렇게 한참이 지난 후, 영포는 결국 쓰러지고 말았다. 눈물 콧물로 범벅이 된 얼굴은 하얗게 되어 핏기가 하나도 없었다.

엄마는 걱정스런 표정으로 영포를 보며 곁을 지켰다. 시간이 많이 지나 밤이 되었다.

갑자기 영포가 부스스 일어났다. 그리고 가방을 멨다.

"영포야, 지금 어디 가려고?

놀란 엄마가 물었다.

"공부하러 학원에 가요."

영포가 굳은 표정으로 짧게 대답했다.

"아니, 이 밤에? 학원이 끝나도 한참 전에 끝났다. 내가 학원 선생님에게 잘 얘기해 줄 테니까 걱정하지 마라."

엄마가 걱정스럽게 말했다.

"엄마 말씀이 맞았어요. 꼬꼬가 죽은 것은 모두 제 잘못이에요. 제가 꼴찌를 했기 때문에 왕따를 당했고, 거기서 벗어나 보겠다고 비겁하게 꼬꼬에게 그 사나운 놈과 싸움을 붙였죠…. 그래서 꼬꼬가 다쳤고…, 결국… 결국, 쓸모… 없다고…. 전부 다 제 잘못이에요. 그러니까 공부하러 가야 해요."

영포는 침통한 표정으로 대문을 나섰다.

학원 문은 굳게 닫혀 있었다. 하지만 영포는 아랑곳하지 않고 학원 문을 세게 두드렸다.

쾅쾅쾅! 쾅쾅!

"아니, 이 밤에 누가 문을 이렇게 두드려? 에이, 짜증 나."

흑뱀이 속옷 바람으로 출입문 앞에 나타났다.

"아니 넌, 영포 아니냐. 네가 이 밤에 웬일이야?"

"선생님, 제가 좀 늦었죠? 공부하러 왔습니다."

영포가 무표정한 얼굴로 조용히 말했다.

"뭐라고? 지금 이 밤에 공부를 하러 왔다고?"

흑뱀은 당황해서 영포를 쳐다보았다. 그러나 영포는 말없이 강의실로 들어가서 책을 펼쳤다.

'음…, 녀석, 이제 드디어 정신을 차렸나 보군. 역시 아이들은 괴롭히고, 겁을 줘야 공부를 하게 되어있어. 역시 나 흑뱀의 교육방법은 확실해.'

흑뱀은 회심의 미소를 지었다.

영포는 동이 틀 때까지 꼼짝도 하지 않고 앉아 있었다. 책상 한켠에는 노란 나비 장식 핀이 놓여 있었다.

끝없는 시련

“어, 재, 아냐?”

“그런 거 같은데. 얼마 전에 여자 화장실에서…. 걔 맞네.”

“어머나, 착하게 생겼는데 어떻게 그런 짓을 했대?”

“미순아, 저 오빠 얼굴 잘 봐둬. 절대로 가까이 가면 안 돼.”

아침에 아이를 데려다주러 온 엄마들이 영포를 보며 수군거렸다. 어떤 엄마는 아이에게 조심하라고 주의를 주기도 했다. 그러나 영포는 굳은 얼굴로 그 사람들을 그냥 지나쳤다.

한편, 교실에서는 쩌렁쩌렁한 고함소리가 울려 퍼졌다.

“마영포란 놈 어디 있어? 내 딸에게 그런 짓을 해! 내가 오늘 그냥 두지 않을 거야. 네가 마영포야?”

"아뇨!"

"그럼 너야?"

"저, 저도 아닌데요."

"그럼 누구야!"

우락부락한 남자가 교실이 떠나가라 소리를 질러댔고, 아이들은 겁에 질려 떨고 있었다. 뒤늦게 교실에 도착한 담임선생님이 급하게 남자를 말렸다.

"아니, 저기… 이러시면 안 됩니다. 아이들 공부하는 교실에서…."

"당신이 마영포 담임인 모양이군! 당신이 아이를 그따위로 가르쳤어?"

흥분한 여자아이의 아버지가 선생님에게 삿대질을 하며 악을 썼다. 아이들이 보는 앞에서 남자에게 망신을 당한 선생님은 수치심에 얼굴이 벌겋게 달아올랐다.

"아니, 이보세요, 아버님. 심정은 이해가 되지만 제가 그렇게 가르쳤다니요? 말이 너무 지나치지 않습니까? 아이들도 보고 있는 데서요."

화가 난 담임선생님이 큰 소리로 말했다.

"당신 하는 행동을 보니, 그 놈이 당신에게 교육을 잘못 받은 게 틀림없어."

남자가 빈정거렸다.

선생님도 화를 이기지 못하고 함께 고함을 쳤다.

"그만들 하세요. 아이들 보는 데서 이러시면 안 됩니다."

고함소리를 듣고 급히 달려온 교장 선생님이 두 사람을 뜯어 말렸다.

"자자, 학부모님께서도 좀 진정하시죠. 지금 참담한 심정은 이해가 갑니다만, 현재 경찰에서 수사 중이고, 영포가 진짜 그런 나쁜 행동을 했는지 아직 밝혀진 게 아무것도 없습니다. 그러니 경찰의 수사를 좀 더 지켜본 후에 얘기하도록 하시죠."

교장 선생님이 남자를 겨우 진정시켜서 교실 밖으로 데리고 나갔다.

두 사람이 나가기 무섭게 담임선생님은 영포를 향해 소리를 질렀다.

"마영포! 너 이제 어떡할 거야? 넌 왜 계속 사고를 치는 거야? 말 좀 해 봐!"

"저는 사고를 치지 않았습니다."

영포가 선생님을 똑바로 보며 말했다.

"뭐? 사고 치지 않았다고? 그럼 넌 아무 잘못도 없는데 저 사람이 괜히 와서 행패를 부린다는 거야?"

"저 아저씨가 오해를 하고 있는 겁니다."

영포는 평소와는 다르게 담임선생님에게 당당하게 말했다.

"오해라고? 그럼 넌 끝까지 잘못이 없다는 거야?"

뭐라고 더 말을 하려던 담임선생님이 얼굴을 찌푸린 채 손을 저었다.

"…그만두자. 내가 너하고 입씨름해서 뭐하겠냐?"

선생님은 교무실로 가버렸다. 아이들이 영포를 보며 수군거렸다. 그러나 영포는 말없이 자리에 앉아 다시 책을 펼쳤다. 영포의 왼손에는 나비 장식 핀이 꼭 쥐어져 있었다.

58

꼴찌 교사? 최우수 교사?

며칠 만에 영포의 얼굴은 파리하게 변해 있었다. 시험 전 남호의 모습과 비슷했다.

드디어 전국학력평가가 시작되었다. 영포의 눈동자가 시험지 위를 바쁘게 움직였다. 이마에서는 땀이 배어 나왔다. 조금 떨어진 곳에 앉아 있는 남호는 전보다 더 창백한 모습이었다. 손까지 약간 떨리는 것 같았다.

"자, 끝났어. 뒷줄부터 답안지 제출하도록 해!"

며칠 동안 잠을 자지 못한 영포에게 선생님의 목소리가 꿈결처럼 들렸다.

그렇게 시험이 끝나고 며칠이 지난 후 담임선생님은 교무실에서 분통을 터뜨렸다.

“뭐야? 우리 반 애들 점수가 몇 점이라고? 내가 몸이 아파서 잠깐 자리를 비웠더니 기간제 교사가 와서 엉망을 만들어 놓았어. 전국에서 평가되는 가장 중요한 시험인데, 정말 큰 일이야.”

한참 부글부글한 기분으로 끙끙거리던 담임선생님은 애써 목소리를 밝게 했다.

“그래도 남호가 반 평균은 많이 끌어 올렸겠지? 반 평균 점수가 제일 중요하니까.”

그러나 평가 담당 선생님은 고개를 저었다.

“글쎄, 그게…. 남호가 이번에 점수가 많이 떨어졌어. 전교 15등이야.”

담임선생님이 깜짝 놀랐다.

“뭐? 그게 무슨 말이야? 잘못 본 거 아니야?”

“아니, 틀림없어. 나도 이상해서 몇 번을 확인해 봤어.”

“그럴 리가 있나. 남호는 1학년 때부터 지금까지 한 번도 전교 일등을 뺏긴 적이 없잖아?”

거짓말이었다고 말해주기를 바라는 것처럼, 담임선생님의 목소리는 애절했다. 그러나 평가 담당 선생님은 깊은 한숨을 내쉬었다.

"그런데 문제는 그게 아냐. 남호 때문에 박 선생이 전국에서 꼴찌 교사가 될지도 모른다는 거야."

담임선생님이 깜짝 놀라며 평가 담당 선생님을 쳐다보았다.

"제일 큰 감점 원인이 되는 게, 남호처럼 계속 전교 일등을 하던 학생이 성적이 떨어지는 경우야. 선생님이 우수한 학생을 잘못 가르쳤다고 보는 거지. 그리고 부진아가 많아도 문제가 된다고 하는군."

"뭐, 뭐라고?"

담임선생님의 목소리가 떨렸다.

"희망이라면… 공부를 못하던 애가 성적이 많이 오르면 가산점을 줄지도 모른다는 건데…."

이제 담임선생님은 아예 절망에 빠져 있었다. 반에는 성적이 크게 오를 만한 아이가 없었고, 심지어 전교 꼴찌인 마영포도 있었다.

"박 선생, 그래도 너무 절망하지 말고 희망을 가져. 박 선생 반에 마영포라는 애가 이번에 성적이 많이 올랐어."

"뭐?"

"어디 보자. 전교… 100등이네."

그 순간, 담임선생님이 놀라서 입을 쩍 벌렸다.

"새옹지마라고, 혹시 영포 때문에 최우수 교사가 될지도 모르지. 한번 기다려 보자고."

담임선생님은 잔뜩 긴장한 얼굴로 고개를 끄덕였다.

59

긴급 뉴스

일주일 후, 담임선생님은 묘한 얼굴로 교단에 섰다.

"지난번에 치른 학력고사 결과가 나왔다. 전체적으로 얘기하면 한 사람을 빼고는 대부분 점수가 좋지 않아. 학급에 많은 도움을 준 사람이 있는가 하면 많은 피해를 준 사람도 있었어."

담임선생님이 남호와 영포를 번갈아 쳐다보며 말했다.

"다음부터는 더욱 분발하여 좋은 성적을 거두기 바란다. 성적표를 나눠주기 전에 먼저 시상부터 하도록 하겠다."

아이들은 반사적으로 남호를 쳐다보았다.

"마영포, 앞으로 나오너라."

선생님의 갑작스러운 호명에 뒷자리에 앉아 있던 영포가 어리둥절한 표정으로 선생님을 쳐다보았다. 아이들도 하나같이 영문을 모르겠다는 얼굴이었다.

"마영포. 앞으로 나와."

담임선생님이 다시 한번 영포를 불렀다. 영포는 그제야 허둥지둥 앞으로 나갔다.

"학력 향상상, 귀하는 성적이 많이 향상되어 다른 사람에게 모범이 되므로 이 상장을 수여합니다. 마주초등학교장 최필수."

선생님은 영포에게 웃으며 상장을 건넸다. 선생님이 영포를 향해 웃은 것은 처음이었다.

"아니, 왜 박수가 없어?"

선생님이 아이들을 둘러보며 말했다. 어리둥절한 표정으로 있던 아이들은 그제서야 손뼉을 쳤다. 그러나 박수 소리는 별로 크지 않았다. 얼마 전에 발생한 여자 화장실 사건 때문에 영포에 대한 감정이 좋지 않았기 때문이다.

아이들의 분위기를 알고 있는 영포는 겸연쩍은 표정을 지으며 자리로 돌아갔다. 선생님은 청소를 잘하라고 말한 뒤 교무실로 가버렸다.

“아니 남호는 어찌 된 거야, 왜 남호가 최우수상을 받지 못했지?”

몇몇 아이들이 남호를 흘끔거렸다. 남호의 얼굴은 돌처럼 굳어 있었다.

“근데, 저 꼴찌가 어떻게 성적이 올랐지?”

“혹시 다른 사람 꺼 커닝한 거 아냐?”

“그럴 수도 있겠네, 아니면 어떻게 갑자기 성적이 오를 수 있겠어?”

“그나저나 영포 재, 곧 경찰서에 잡혀간다는 말이 있던데….”

“자기가 잘못했으니까 당연한 거 아냐?”

아이들이 여기저기 모여서 웅성거렸다.

“남호야, 너무 괴로워하지 마. 다음에 잘하면 되잖아.”

진식이가 조심스럽게 남호를 위로했다. 순간, 진식이를 노려보던 남호가 쩌렁쩌렁하게 큰 소리로 쏘아붙였다.

“뭐? 지금 너까지 나를 무시하는 거야? 깜둥이 주제에!”

왈칵 말을 퍼부은 남호는 벌떡 일어나 밖으로 나가 버렸다. 진식이의 얼굴이 벌겋게 달아올랐다.

“뭐? 깜둥이? 누구?”

“금방 남호가 진식이 보고 말한 거 아니야?”

"야, 지난번에…."

몇몇 아이들과 수군거리던 호식이가 갑자기 진식이 쪽을 쳐다보았다. 뭔가 떠올린 듯 심술궂은 얼굴이었다.

"어이 주진식, 지난번에 우리 반에 너랑 똑같이 생긴 꼬마 깜둥이가 형 찾으러 왔던데 혹시 네 동생 아냐?"

갑작스러운 질문에 당황한 진식이는 대답을 하지 못하고 머뭇거렸다. 신이 난 호식이와 몇 명의 아이들이 더욱 목소리를 높여 떠들었다.

"야, 대답 못 하는 거 보니까 진짜인가 봐. 어라, 얼굴도 벌게졌어."

"주진식, 대단하네. 우리를 감쪽같이 속였어. 너, 다문화였어?"

"동생도 없다고 하더니 전부 거짓말이었네."

아이들이 한 마디씩 보탤 때마다 진식이의 눈시울이 점점 붉어졌다. 심지어 호식이는 놀라운 비밀이라도 알게 된 것처럼, 반의 다른 아이들을 큰 소리로 불렀다.

"얘들아, 내 말 좀 들어봐. 긴급 뉴스야! 진식이가…."

그때, 다혜의 목소리가 카랑카랑하게 울려 퍼졌다.

"그만해! 그게 뭐가 어떻다는 거야? 세상에는 흑인도 있고

백인도 있고 우리처럼 황인종도 있어! 피부색은 서로 다를 뿐이지 이상한 것이 아니야! 진식이 피부색이 검든지, 다문화 가정이던지 무슨 문제가 되는데 이렇게 난리야?"

그렇지만 호식이와 몇몇 아이들은 멈추지 않았다. 깜둥이가 어쩌고 하는 소리가 여기저기서 들려왔다. 진식이는 교실 가운데 선 채, 그 소리를 고스란히 들으며 바들바들 몸을 떨었다. 말이 송곳처럼 몸을 찌르는 느낌이었다.

"흐… 흐윽."

결국, 견디다 못한 진식이가 밖으로 뛰어나갔다.

"야, 깜둥이가 운다. 깜둥이 눈물은 검은색이 아닐까?"

진식이의 뒤로 아이들의 빈정거리는 목소리가 따라붙었다.

꼬꼬에게

집에 돌아온 영포는 마당 한구석 닭장이 있는 쪽으로 향했다. 꼬꼬가 죽은 후에는 닭장 쪽으로 가는 것이 두려웠다. 닭장 쪽으로 다가갈수록 가슴이 쿵쿵 뛰고 숨을 쉬는 것이 힘들게 느껴졌다. 어제는 이쯤에서 걸음을 멈추고 돌아섰다. 하지만 오늘은 할 수 있을 것 같았다.

'차라리 보지 않고 걸어가면 쉽지 않을까?'

영포는 눈을 꼭 감고 닭장이 있는 쪽으로 걸어가기 시작했다. 닭똥 냄새가 풍겨왔다. 눈을 감고 그렇게 몇 걸음을 더 갔을 때, 앞으로 뻗은 영포의 손끝에 무언가가 닿았다. 나무의 감촉, 닭장이었다. 영포는 끅끅 흐느끼며 힘겹게 눈을 떴다.

"꼬꼬야…, 꼬꼬야…."

닭장이 보였다. 영포는 그대로 주저앉아 울기 시작했다. 학교에 갔다 오면 뛰어나와 반겨주던 꼬꼬, 이 닭장 주위를 맴돌며 벌레를 쪼아 먹던 꼬꼬, 화단의 흙을 파헤치던 꼬꼬의 모습이 눈앞에 어른거렸다.

그렇게 한참을 울던 영포는 겨우 울음을 그쳤다. 준비해 온 나무 막대기에 못을 박고, 그 못에 나비 장식 핀을 꽂아 꼬꼬의 비석을 만들었다.

영포는 자리에서 일어나 닭장 뒤편에 있는 화단으로 향했다. 꼬꼬가 가장 좋아했던 그곳에, 꼬꼬의 비석을 세워 주었다.

꼬꼬댁-.

순간 어디선가 꼬꼬의 소리가 들리는 것 같았다. 흠칫 놀란 영포의 어깨가 굳어졌다. 영포는 천천히 고개를 돌렸다.

그러나 마당 어디에도 꼬꼬의 모습은 보이지 않았다. 텅 빈 닭장뿐이었다. 눈물을 글썽이며 마당을 바라보던 영포는 마루로 걸어가 걸터앉았다. 꼬꼬의 비석 위로 별빛이 비추고 있었다.

그렇게 앉아 있던 영포는 가방으로 손을 뻗어 일기장을 꺼냈다. 영포는 연필을 꾹꾹 눌러 편지를 쓰기 시작했다.

제목: 꼬꼬에게 보내는 편지

꼬꼬야, 안녕!
별님 옆에서 잘 지내고 있지?
형아도 잘 지내고 있어. 상처는 많이 나았니? 난 네가 보고 싶을 때마다 별님을 쳐다봐. 그런데 꼬꼬야, 오늘 형아가 이상한 경험을 했어. 내가 성적이 많이 올랐거든. 담임선생님이 처음으로 나를 보고 따뜻하게 웃어 주셨어. 아무튼 시험은 괴물이 틀림없어. 일등도 만들어 주고 꼴찌도 만들어 주니까 말이야. 이제 잠이 와서 그만 자야겠다. 며칠 동안 시험공부 한다고 잠을 못 잤거든.
꼬꼬야 좋은 꿈 꿔. 안녕!

어딘가 텅 비어 있던 영포의 가슴이 다시 따뜻하게 채워지기 시작했다. 꼬꼬를 품고 있을 때와 꼭 같은 느낌이었다.

61

갈라진 틈

"헉헉, 반장! 도저히 못 뛰겠어. 갑자기 배가 아파."

아침 건강 달리기를 하던 규철이가 운동장에 그대로 주저앉았다.

"꾀병 부리지 말고 빨리 뛰지 못해!"

남호가 규철이를 향해 소리를 질렀다.

"진짜 꾀병이 아냐, 배가 너무 아프단 말이야."

"배 아프다는 건 꾀병 부리는 애들이 매일 써먹는 방법이야. 빨리 뛰어!"

남호가 다시 고함을 쳤다. 그러나 규철이는 배를 잡고 그대로 앉아 있었다.

"저게 정말."

잔뜩 얼굴을 찌푸린 남호가 다른 때처럼 진식이에게 눈짓을 했다. 남호의 눈치를 보던 진식이가 머뭇머뭇 규철이에게 다가갔다.

"규철아, 반장이 화를 내잖아. 제발 뛰어."

진식이가 사정하듯이 말했다. 그러나 규철이는 말을 듣지 않고 오히려 진식이에게 쏘아붙였다.

"네 눈에는 아픈 게 안 보이냐? 깜둥이 주제에 별걸 다 참견하네."

깜둥이란 말에 진식이가 움찔하며 뒤로 물러섰다. 이 광경을 못마땅한 표정으로 지켜보고 있던 남호가 진식이를 불렀다.

"진식이 너 따라와 봐!"

교실 뒤쪽으로 진식이를 데려간 남호는 진식이의 뺨을 때렸다.

철썩.

"너, 아까 규철이에게 하는 행동이 그게 뭐야? 네가 그렇게 애들에게 빌빌거리면서 사정을 하니까 애들이 내 말을 더 안 듣잖아!"

"남호야, 미안해. 그렇지만… 내가 깜둥이란 게 알려지면서 애들이 계속 놀려대는데, 어떻게 전처럼 세게 나갈 수 있겠어….”

어깨를 축 늘어뜨린 진식이가 힘없이 말했다.

“왜 못해! 네 뒤에는 내가 있잖아! 전처럼 하란 말이야! 욕하고! 때리고!”

화가 치솟은 남호가 고래고래 소리를 질렀지만, 진식이는 대답 없이 듣고만 있었다.

“너 한 번만 더 내 말 안 들으면, 왕따가 뭔지 진짜 제대로 보여 줄 거야. 알아서 해!”

왕따라는 말을 들은 진식이의 얼굴이 하얗게 질렸다.

한편, 운동장에서 교실로 들어오는 아이들은 남호와 진식이에 대해 이야기를 하고 있었다.

“아 글쎄. 그 깜둥이가 나한테 와서 운동장 뛰라고 명령하는 거 있지, 기분 나쁘게. 그 깜둥이 가만히 두면 안 돼.”

“나는 남호도 기분 나빠. 전에 선생님이 말했던 거 있잖아. 이번 시험에서 우리 반에 가장 피해를 준 애, 그게 바로 남호래. 선생님과 다른 반 선생님이 얘기하는 걸 들었어.”

“어쩐지 최우수상도 못 받았잖아. 자기가 선생님도 아니면서, 전부터 웃겼어.”

아이들이 수군대고 있었다. 그리고 그 소리는 교실 안에 있던 남호의 귀에도 들렸다. 순간 머리끝까지 열을 받은 남호가 아이들 중 한 명을 지목했다.

"야, 너 이리와 봐!"

"야, 대꾸하지 말고 그냥 그대로 있어."

옆에 있던 아이들이 조용히 말했다.

"아니, 저 자식이! 내 말이 말 같지 않냐."

남호가 길길이 날뛰며 진식이를 쳐다보았다. 잠시 남호를 바라보던 진식이는 슬며시 고개를 돌려 버렸다. 결국, 남호가 직접 아이들의 틈으로 달려왔다.

남호는 한 손으로 그 아이의 멱살을 움켜잡고, 주먹을 쥔 다른 손을 높이 치켜들었다.

"너, 지금 나하고 한번 해 보겠다는 거야? 앙!"

그때, 문 쪽에 가장 가까이 있던 아이가 소리쳤다.

"선생님 오신다!"

그 말이 끝나기 무섭게 선생님이 교실에 들어왔다. 선생님은 늘 하던 대로 교실 안을 살펴보았다. 그리고 싸늘한 시선으로 남호를 불렀다.

"반장, 저게 뭐야? 칠판은 닦은 거야, 안 닦은 거야? 저 뒤쪽에 떨어져 있는 휴지는 또 뭐야? 청소상태가 엉망이야. 요즘 반장이 역할을 제대로 못 하고 있어. 너, 전에는 안 그랬잖아!"

처음으로 선생님에게 심한 꾸중을 들은 남호는 충격을 받은 표정을 감추지 못했다.

"시험 결과도 그래. 반장이란 애가 오히려 학급에 가장 피해를 주는데 뭐가 되는 게 있겠어?"

그 말을 들은 남호의 손끝이 떨렸다. 반 아이들은 갑자기 달라진 선생님의 태도에 어리둥절했다.

남호는 돌처럼 굳은 얼굴로 꼼짝도 하지 않고 자리에 앉아 있었다.

모래성

“야, 진철이! 너, 어제 주변 청소하지 않고 왜 그냥 갔어!”

남호가 진철이에게 지우개 찌꺼기와 크레용 조각을 내밀었다. 진철이는 전처럼 남호의 말을 듣는 대신 부루퉁한 목소리로 따지고 대들었다.

“그게 내가 버렸다는 증거가 어디 있어? 애들 다 지우개 찌꺼기 버리잖아! 그리고 크레용도 미술 시간에 전부 썼는데, 왜 나한테만 그래?”

남호는 지우개 조각을 진철이의 코에 들이밀었다.

“냄새나지? 이 냄새 나는 지우개 네가 사용하는 거잖아?”

잠깐 주춤하던 진철이가 바로 시치미를 뗐다.

"나만 냄새나는 지우개 사용하는 거 아니잖아?"

"뭐 이런 자식이 다 있어?"

결국, 흥분한 남호가 진철이의 멱살을 움켜잡았다. 그러나 진철이도 남호를 마주 보며 악을 썼다.

"왜 멱살 잡는데? 네가 뭔데? 네가 선생님도 아니잖아?"

예상하지 못했던 상황에 당황한 남호가 주위를 둘러보았다. 많은 아이들이 두 사람을 지켜보고 있었다. 여기서 밀릴 수는 없었다.

철썩.

남호가 진철이의 뺨을 후려쳤다. 진철이가 참지 않고 남호에게 덤벼들었다.

곧 두 사람은 교실 바닥에 나뒹굴며 엉켜서 서로 치고받았다. 주변에 우르르 몰려든 아이들이 너도나도 한 마디씩 떠들었다.

"야, 진철이 잘 싸우는데…."

"남호 재 실제 싸우는 거 보니 별거 아닌데."

"태권도 시합에서 우승했다는 거 거짓말 아냐?"

그때, 교실 앞문이 벌컥 열렸다. 선생님이었다. 교실 안을 둘러보던 선생님의 얼굴이 심하게 일그러졌다. 선생님은 여전히 주먹질을 하는 두 사람을 떼어 낸 뒤, 남호를 향해 고함을 쳤다.

"야, 반장! 너, 도대체 뭐하는 녀석이야! 청소며 뭐며 제대로 하는 것이 하나도 없더니, 이제 교실에서 싸움질까지 해! 저쪽에는 휴짓조각이 나뒹굴고, 뒤쪽에는 먼지가 펄펄 날리고, 반장이란 녀석은 주먹질이나 하고 있고!"

선생님이 전보다 훨씬 더 심하게 남호를 꾸짖었다. 그리고 선생님이 진철이를 향해 고개를 돌렸을 때, 교무실로 급히 오라는 방송이 나왔다. 한심하다는 듯이 둘을 쏘아보던 선생님은 한숨을 쉬었다.

"너희들, 잠시 교무실에 갔다 올 테니 그동안 청소해 놓도록 해!"

선생님이 나간 후, 씩씩대던 남호는 화풀이라도 하듯 아이들에게 소리를 질렀다.

"야, 수철이 칠판 다시 닦고, 형석이 쓰레기통 주변 청소하고, 철호는 뒤쪽 먼지 좀 닦아!"

그러나 아이들은 움직이지 않았다.

"내 말 안 들려!"

남호가 다시 소리쳤다.

"네가 해! 선생님이 너한테 시킨 거잖아."

뒤쪽에 앉은 애가 비꼬듯 말했다.

"뭐?"

남호가 사납게 얼굴을 구겼지만, 진철이와의 싸움에서 남호의 실력을 직접 본 아이들은 더 이상 겁을 먹지 않았다.

"에이씨!"

치솟는 화를 이기지 못하고 부들부들 떨던 남호는 옆의 책상을 걷어찼다. 그것은 지나의 책상이었다. 책들과 함께 아토피 가루약 통이 바닥에 떨어졌다. 순식간에 교실 바닥이 가루로 뒤덮였다.

"야, 너 뭐하는 거야! 빨리 일어나서 걸레로 닦지 못해!"

남호가 지나를 다그쳤다.

"흐흑."

남호의 고함소리에 놀란 지나는 그대로 앉은 채 훌쩍이기만 했다. 남호는 옆에 떨어져 있던 걸레를 주워서 지나에게 집어 던졌다.

"닦으란 말이야! 네가 잘못했으면 빨리 뒤처리를 해야 될 거 아니야!"

그때, 교실 앞문이 다시 열렸다. 교무실에 다녀온 선생님이 남호를 쏘아보고 있었다.

"남호, 너 아픈 애한테 뭐하는 행동이야!"

"아, 네. 지나가 약통을 쏟아서 치우라고 하는 중이었습니다."

당황한 남호가 웅얼거리며 변명했다.

"애가 울고 있잖아. 그런데 아픈 애한테 고함을 쳐? 네가 좀 닦으면 안 돼? 반장이면 그 정도 봉사 정신은 있어야지."

선생님이 남호를 차갑게 쳐다보며 말했다. 주춤대던 남호는 결국 걸레를 주워 들고 바닥을 닦기 시작했다.

'남호 쟤가 1학기 때와는 영 딴판이야. 통솔력도 없고, 봉사 정신도 없고 말이야. 하여튼 애들은 성적이 떨어지면 모든 게 엉망이 돼.'

선생님이 소리 내어 혀를 찼다.

63

밝혀진 진실

"각 반 선생님들은 학생들을 인솔하여 지금 즉시 강당으로 모여 주시기 바랍니다."

교내 방송이 울려 퍼졌다. 곧, 학교의 모든 교사와 학생들이 강당으로 모여들었다. 연단 위에는 교장 선생님과 경찰관 그리고 몇 명의 외부인이 앉아 있었다.

"그럼 제가 직접…."

경찰관이 교장 선생님에게 가볍게 인사를 한 후 연단에 섰다.

"에…, 저는 마주경찰서 서장 홍달식입니다. 제가 오늘 여기 온 것은 다름이 아니라, 한 명의 훌륭한 어린이에게 상장을 주기 위해서입니다. 일단 그 학생을 호명해야 하겠군요. 마영포

학생 앞으로 나오세요.”

호명을 받은 영포가 쑥스러운 표정으로 걸어 나와 연단 위에 섰다.

“지난번에 있었던 여자 화장실 사건을 다들 아실 겁니다. 범

인이 잡혔습니다. 범인은 주로 학교에서 어린이들만을 대상으로 나쁜 짓을 하고, 심지어 반항하는 어린이를 해치기까지 하는 굉장히 흉악한 사람이었습니다. 그런데 잘못하면 목숨이 위험한 그런 상황에서 자신의 몸을 던져 여학생을 구한 마영포 학생의 용기는 너무도 자랑스럽고, 다른 사람의 본보기가 되는 것입니다. 그것은 아무도 흉내 낼 수 없는 진정한 용기였습니다."

잠깐 웅성거리는 소리가 곳곳에서 들렸다. 그리고 뒤이어 우레와 같은 박수가 쏟아졌다. 쑥스러워진 영포는 잠시 머뭇거리다가 꾸벅 고개를 숙였다.

그리고 연단에서 내려오는 영포에게 한 아저씨가 달려와 손을 잡았다. 교실에서 행패를 부리던 여자아이의 아버지였다. 아저씨가 영포에게 머리를 숙이며 사과했다.

"영포야, 고맙다, 내 딸을 구해줘

서. 나는 그것도 모르고 너에게 난리를 쳤으니…. 미안하고, 정말 고맙다!"

다시 한번, 강당이 흔들릴 정도로 큰 박수 소리가 울려 퍼졌다.

반격

일과가 끝나고 선생님이 교무실로 돌아갔다. 아이들이 방과 후 수업을 가려고 웅성거리고 있을 때, 남호가 굳은 표정으로 교단 앞에 섰다.

"모두 잠깐만 기다려 봐!"

아이들이 의아한 표정으로 남호를 쳐다보았다.

"너희들 중에 계속 반장이 하는 말을 듣지 않고 훼방을 놓는 사람들이 있는데, 앞으로도 계속 그렇게 한다면 절대 가만히 두지 않을 거야. 그러니 앞으로는 내가 하는 말을 잘 듣도록 해!"

그러나 아이들의 반응은 싸늘하기만 했다.

"재, 지금 뭐라는 거지? 자기가 아직도 세다고 생각하는 모양이지."

"진철이에게도 지는 주제에 누구한테 명령을 해. 우리가 예전처럼 꼼짝도 못 한다고 아직도 착각하는 거 아냐?"

"야, 누구 남호랑 한판 뜰 사람? 진철이보다 좀 약한 애가 딱 좋겠는데, 지원자 없어?"

몇 명의 아이들이 남호를 조롱하며 떠들어댔다

그때, 교실 뒷문이 '쾅' 하는 소리를 내며 열렸다. 거칠게 생긴 6학년들이 교실로 들어왔다. 학교에서 가장 무서운 6학년 일진들이었다. 교실이 쥐 죽은 듯이 조용해졌다.

"반장 말을 잘 들어야지. 안 그래? 좀 전에 반장에게 대든 놈 누구야? 너 아냐?"

6학년 한 명이 남호에게 대들었던 아이의 이마를 쿡쿡 찔렀다.

"저… 아닌데요. 전 반장 말을 잘 듣는데요."

지목당한 아이가 잔뜩 움츠러든 얼굴로 말했다.

"아까 또 누가 반장에게 대드는 것 같던데, 어디 갔지?"

"아닌데요. 저는 지금까지 한 번도 대든 적이 없어요. 정말이에요."

다른 아이들 역시 겁먹은 표정으로 말했다. 아이들의 떠는 모습을 보고 있던 남호가 싱긋이 웃었다. 그들 중 대장 격인 6학년이 교단에 서 있는 남호 곁으로 다가갔다. 남호가 깍듯이 고개를 숙였다.

"남호는 내가 가장 사랑하는 동생이다. 만일 앞으로 남호 말을 잘 듣지 않는 애가 있으면, 우리가 직접 찾아와서 말을 듣지 않은 이유를 물어볼 테니까 알아서들 해."

6학년들은 나갔지만, 입을 여는 사람은 한 명도 없었다. 남호는 으스대는 공작처럼 고개를 들었다. 아까와 다르게 어깨가 쭉 펴져 있었다.

"자, 지금부터 청소해! 그리고 청소검사를 받고 방과 후 수업에 가도록 해!"

아이들은 말없이 청소를 시작했다.

"오늘 누가 내 가방 들어 줄 거야?"

남호가 아이들을 둘러보자, 눈치를 보던 아이 중의 한 명이 재빠르게 달려왔다.

"헤헤, 남호야. 내가 들어줄게."

남호가 입꼬리를 올리며 웃었다.

"좋아, 넌 오늘 청소면제야. 네 옆이 누구더라? 아~, 싸움꾼 진철이네. 진철이 네가 옆자리까지 청소하고 검사받도록 해."

진철이가 대답을 하지 않고 머뭇거렸다. 남호는 바로 소리를 질렀다.

"야! 알았어? 왜 대답이 없어!"

진철이가 결국 기죽은 표정으로 대답했다.

"알았어."

이제 힘은 되찾았다. 다시 1등이 되기만 한다면 모두 완벽하게 예전처럼 돌아갈 것이 분명했다. 반 아이들도, 선생님도, 엄마도….

남호는 오늘도 밤을 새워야겠다고 마음을 다잡았다.

마지막 시험

시험 날 아침, 교실의 분위기는 어느 때보다 팽팽했다. 이번이 5학년의 마지막 시험이었다. 이번에도 공부하느라 며칠 밤잠을 설친 영포는 퀭한 얼굴로 교실에 들어섰다. 아이들이 반갑게 인사를 했다.

같이 인사를 하며 자리로 향하던 영포는 남호를 보고 깜짝 놀랐다. 남호의 입술이 백지장처럼 하얬다. 환자 같은 모습이었다. 영포의 시선을 느낀 남호는 영포를 사납게 쏘아보았다.

"자. 이제 시험 시작한다."

영어 시험 시작종이 울렸다. 시험지가 뒤로 넘어오기 시작했다.

"으…으, 머리 아파."

식은땀에 흠뻑 젖은 남호가 머리를 좌우로 흔들었다. 며칠 밤을 새워서인지 머리가 터질 것처럼 아팠다.

'조금만 더 버티면….'

남호는 연필을 잡고 문제를 하나씩 풀기 시작했다. 눈앞이 어질했다. 그렇게 한 문제, 한 문제 풀어나가던 남호가 눈살을 찌푸렸다. 글자가 흐리게 보였다. 남호는 눈을 감았다 떴다를 거듭하며 흐릿한 글자를 보려고 애를 썼다. 머리가 점점 더 아파왔다.

결국, 두통을 견디다 못한 남호는 머리를 감싸 쥐고 신음소리를 냈다. 그렇지만 계속 시험을 쳐야만 했다. 아직 문제가 많이 남아 있었기 때문이다. 남호는 힘겹게 시험지를 다시 보았다.

순간, 남호는 눈을 더 크게 뜰 수밖에 없었다.

금방까지 보이던 글자가 하나도 보이지 않았기 때문이다.

"어… 어어…?"

이제는 흐린 게 아니었다. 아예 글자가 보이지 않았다. 분명히 문제가 적혀 있어야 할 종이는 하얗기만 했다. 울상이 된 남호가 눈을 감았다 떠보기도 하고, 비벼보기도 했지만 그대로였다. 시험지는 계속 하얗게만 보였다.

그때, 시험을 마치는 종소리가 들렸다.

"자, 시간 다 됐다. 답안지 앞으로 제출하도록 해!"

"아아아아아아아악!"

시험이 끝난 아이들이 환호성을 터뜨리기도 전에, 남호의 비명소리가 교실에 가득 울려 퍼졌다.

"남호야!"

남호가 정신을 잃었다. 영포와 다혜가 급히 달려가 남호를 부축했다.

보건실 침대에 누운 남호는 완전히 기진맥진한 채 숨을 헐떡였다. 다혜가 걱정스러운 얼굴로 보건 선생님을 쳐다보았다.

"선생님, 남호는 좀 어때요?"

"글쎄, 일단 좀 쉬도록 한 후에 살펴봐야겠다. 애가 장시간 잠을 못 자서 탈진한 거 같아. 헛소리도 하고. 얘가 계속 전교 일등 했다는 그 남호 맞지? 시험이 뭔지 원. 애들을 잡네, 잡아."

보건 선생님이 혀를 찼다. 남호는 여전히 열에 들뜬 채 헛소리를 웅얼거렸다.

몰락

며칠 후, 교실로 들어오는 선생님의 얼굴이 벌겋게 달아올라 있었다. 선생님은 가지고 온 종이 뭉치를 책상 위에 거칠게 내려놓았다.

'에이, 이렇게 성적이 형편없다니. 꼴찌야 꼴찌. 우리 반 반 평균이 전교에서 꼴찌를 했단 말이야.'

"김남호!"

선생님이 사나운 목소리로 남호를 불렀다. 남호가 어두운 얼굴로 부스스 일어났다.

"김남호, 너! 200등이 뭐야! 너, 무슨 일 있어? 네가 어떻게 이런 점수를 받을 수가 있어?"

아이들도 모두 큰 충격을 받았다. 남호가 200등이라니, 그럴 리가 없었다.

남호는 고개를 푹 숙이고 말없이 앉아 있었다.

집에서도 같은 일이 되풀이되었다.

철썩!

남호 엄마가 남호의 등짝을 때렸다.

"지난번에 1등을 빼앗긴 것 때문에 지금도 잠을 못 자고 있는데, 뭐? 200등? 도대체 공부를 한 거야? 안 한 거야? 넌 이제 내 아들도 아니야. 당장 나가."

남호가 엄마의 옷소매를 붙잡으며 울음을 터트렸다.

"흐…흑, 엄마, 죄송해요. 저도 다시 1등을 하기 위해 며칠 동안 밤도 새고, 최선을 다했는데, 마지막 시간에 갑자기 글자가 안 보이고 하얗게 되는 바람에…."

엄마는 남호가 붙잡은 손을 매정하게 뿌리쳤다.

"변명 듣기 싫다. 다시 1등을 하기 전까진 집에 들어올 생각하지 마. 빨리 나가!"

엄마는 화가 머리 끝까지 나서 남호를 문밖으로 쫓아냈다. 남호의 눈앞에서 문이 쾅 소리를 내며 닫혔다.

67

화초 가꾸기 대회_2

그날 이후, 남호는 학교에 나오지 않았다. 아이들은 얼마 동안 남호에 대해 궁금해했지만 얼마 지나지 않아서 모두 일상으로 되돌아갔다.

"오늘은 화초 가꾸기 대회 날이다. 여러분도 알다시피 우승하는 팀에게는 혜택이 대단하다. 그런데 나는 한 가지 혜택을 더 추가한다. 우승팀 전원에게 일주일 동안 급식을 가장 먼저 먹을 수 있는 쿠폰을 주도록 하겠다."

담임선생님의 말에 아이들이 기대에 가득 찬 얼굴로 서로를 쳐다보았다.

"에이, 씨. 그놈의 고양이 때문에 우린 출전도 못 하고 말이야.”

호식이가 투덜댔다.

“그러게 말이야. 다른 조 애들 자기들이 우승한다고 떠들어대는 걸 보니 얼마나 눈꼴사나운지…. 어떤 조 애들은 외국 여행 가서 어떻게 놀 건지 계획까지 짜고 있대. 에이, 짜증 나.”

아이들은 입을 부리처럼 내밀고 불평을 늘어놓았다.

“잠시 후에 강당에서 화초 가꾸기 대회 심사가 있을 예정이니 선생님들은 학생들을 인솔하여 강당에 모여 주시기 바랍니다.”

연단 밑에는 보기 좋게 가꾼 많은 화초와 식물들이 놓여 있었다. 심사위원들이 부지런히 왔다 갔다 하며 화초를 살펴보았고, 아이들도 기웃거리며 식물들을 구경했다. 호식이네 조 아이들도 마지못해 강당을 돌아다니고 있었다. 그때, 호식이가 이상한 것을 발견했다.

“야, 저것 좀 봐! 저거 우리 조 이름이잖아.”

아이들이 눈을 커다랗게 치떴다.

“어떻게 된 일이야? 왜 우리 토마토가 살아 있는 거지?”

초록빛으로 잘 자란 줄기는 굵직한 토마토를 주렁주렁 매달고 있었다. 아이들이 우르르 달려가 화분을 내려다보았다. 분명 자신들의 조가 키우던 토마토였다. 그 증거로 부러진 줄기의 흔적이 보였다. 아이들은 멍하게 토마토 화분을 내려다보았다. 누군가 부러진 줄기에 지지대를 대고, 천으로 감아 놓은 것이었다.

"대체 누구야?"

아이들이 서로를 쳐다보았다.

그리고 단상에서 사회자의 목소리가 울려 퍼졌다.

"자, 지금부터 우승팀을 발표하도록 하겠습니다."

사회자가 느긋하게 뜸을 들였다.

"우승팀은 5학년입니다."

다른 학년 여기저기서 탄식이 터져 나왔다. 반대로 5학년 아이들의 얼굴에는 기대가 가득했다.

"2반입니다!"

이번에도 마찬가지로 다른 반 아이들이 실망의 한숨을 뱉었다. 5학년 2반 아이들은 점점 더 기대에 부풀어 갔다. 다들 자기 조의 우승을 꿈꿨다. 그러나 토마토 줄기에 지지대를 댄 2조는 여전히 체념한 표정이었다. 아무리 토마토를 살려 놓았다지만, 한 번 꺾인 줄기로 우승은 불가능했다.

"우승팀은 2반하고도…."

강당 전체가 조용해졌다. 침 삼키는 소리도 들릴 정도였다.

아까보다 훨씬 더 뜸을 들이던 사회자가, 마침내 큰 소리로 말했다.

"바로! 2조! 2조입니다!"

2조 아이들은 순간 어리둥절한 표정으로 서로를 쳐다보았다.

"우리? 우리?"

아이들은 주변을 두리번거린 끝에야, 그것이 바로 자신들이라는 것을 깨달았다.

"와아아!"

한발 늦은 환호성이 터져 나왔다. 아이들이 서로를 부둥켜안고 폴짝폴짝 뛰어올랐다. 담임선생님도 기쁜 기색이 역력했다.

"5학년 2반 2조 대표 한 명 연단으로 나와 주세요."

사회자가 말했다. 아이들이 서로 눈치를 보고 있었다.

"호식이가 나가서 받아."

영포가 웃으며 말했다. 호식이는 떨리는 목소리로 물었다.

"너, 혹시, 너야?"

영포는 대답 대신 빙긋이 웃었다.

"대표! 대표 얼른 나오세요!"

사회자가 재촉했다. 머뭇거리는 호식이를 향해 영포가 고개를 끄덕였다. 그렇게 호식이가 대표로 상장을 받은 뒤, 교장 선생님의 훈화가 시작되었다.

“이번에 토마토를 키운 모둠에서 우승을 한 이유는 토마토 줄기가 꺾이는 아픔을 겪으면서도, 고난을 이기고 올바르게 잘 성장한 것 때문입니다. 이 점을 높이 평가한 것입니다. 이것은 우리가 모두 본받아야 하는 것입니다.”

교장 선생님의 훈화가 한창일 때, 살며시 다가온 행정 선생님이 영포를 보며 소곤댔다.

“영포야, 왜 네가 상을 받으러 나가지 않았니? 네가 죽어가는 토마토를 살렸잖아.”

“에이, 선생님도. 저는 얼마 전에도 상을 받았잖아요.”

영포가 해맑게 웃었다.

반장 선거

“남호가 매우 아파서 오래 학교에 올 수 없다는 연락이 왔다. 그래서 오늘, 남은 기간 학급을 이끌 반장을 뽑도록 하겠다.”

선생님이 아이들을 둘러보며 말했다.

“반장을 하고 싶은 사람은 앞으로 나와서 자신이 반장이 되면 어떻게 학급을 이끌어 나갈 것인지 발표하도록 해.”

제일 먼저 호식이가 발표를 했다.

“제가 반장이 되면 우리 학급을 축구 명문으로 만들겠습니다. 축구를 사랑하는 사람들은 저를 꼭 찍어 주시기 바랍니다.”

그다음은 민규가 나섰다.

“제가 반장이 된다면 우리 학급에 매일 사탕 하나씩 돌리겠습니다. 우리 아빠가 슈퍼를 하니까 가져오면 되거든요."

민규의 말에 아이들이 웃음을 터뜨렸다.

"저는 더욱더 청소를 깨끗이 하는 교실을 만들겠습니다." 형철이가 말하자 '우우' 하는 아이들의 비난이 쏟아졌다. 선생님만 흐뭇한 표정이었다.

그리고 영포가 앞으로 나왔다. 아이들이 조금 전까지와 다르게 조용해졌다. 영포가 천천히, 그러나 또렷한 목소리로 말했다.

"저는 왕따 없는 교실을 만들겠습니다."

선생님의 얼굴이 일그러졌다. 하지만 영포는 계속 말을 이었다.

"저는 꼴찌이기 때문에 왕따를 당했습니다. 정말로 힘들고 괴로운 시간이었습니다. 그렇지만 그건 저만의 이야기가 아닙니다. 여기 있는 여러분 누구라도 왕따가 될 수 있다는 것을 알아야 합니다. 제가 만일 반장이 된다면 누군가를 왕따시키거나 괴롭히는 일이 있을 때 왕따 보안관이 되어…"

영포가 칠판 옆의 액자를 가리켰다. 아이들과 선생님의 시선이 영포의 손가락을 좇았다. 그것은 '학급자치규칙'이었다. 영포가 다시 한번, 힘 있는 목소리로 말했다.

"반드시 학급자치규칙에 따라 처리할 것을 약속합니다."

발표를 마친 영포가 자리에 들어가 앉을 때까지도 교실은 조용했다. 이제 더 나서는 사람이 없었다.

"자, 더 나설 사람 있어? 없으면 지금부터…."

그때, 진식이가 더듬거리며 자리에서 일어났다.

"선생님, 저…도."

더 이상 진식이는 예전 남호와 함께 있을 때처럼 위세 당당한 모습이 아니었다. 잔뜩 움츠러든 어깨의 진식이가 앞으로 나오는 사이에, 아이들이 여기저기서 웅성거렸다.

"뭐? 저 깜둥이가 반장으로 나서?"

"말도 안 돼."

앞으로 나온 진식이는 눈을 감고 두어 번 숨을 크게 들이쉬었다. 진식이가 이야기를 시작했다.

"여러분, 그동안 저는 많은 잘못을 저질렀습니다. 친구들을 괴롭히고, 왕따를 시켰습니다. 그건 사실, 전에 다니던 학교에서처럼 또다시 왕따를 당할까 봐 겁이 나서였습니다."

그 몇 마디 말을 하던 진식이의 눈에 또다시 눈물이 고였다. 아이들이 조용히 진식이를 지켜보았다.

"그러나 저는 지금 왕따가 되어 버렸습니다. 왕따를 당하는 것이 너무 괴로워서 전학까지 왔는데…. 남호에게 잘 보여서 절대로 왕따가 되지 않으려고 친구들을 괴롭혔는데…. 결국은 제가 다시 왕따를 당하고 있습니다. 그 전 학교에서처럼 말입니다."

진식이는 잠시 말을 멈추고 흐르는 눈물을 손으로 닦았다. 그리고 눈을 한 번 꽉 감았다가 떴다. 크게 숨을 뱉은 진식이는 천천히 고개를 들었다.

"저는 지금 많이 후회하고 있습니다. 만약 여러분들이 저에게 기회를 주신다면 반장이 되어 청소나 힘든 일을 하며 그동안의 잘못을 반성하고 싶습니다. 그리고 피부가 검다는 이유로 왕따를 시키거나 깜둥이라고 놀리는 일은 절대로 없어야 한다고 생각합니다."

진식이의 말이 끝나자 교실에는 잠시 침묵이 흘렀다.

짝짝짝!

영포와 다혜가 손뼉을 쳤다. 수많은 박수가 이어졌다. 곧 투표가 시작되었다.

"진식이가 영포보다 2표를 더 얻어서 반장으로 선출되었다. 앞으로 열심히 하도록 해라."

영포와 다혜가 진식이를 보며 웃었다. 진식이도 쑥스러운 표정을 지으며 밝게 웃었다.

"그런데 말이야, 우리 반에 진짜 왕따가 있어?"

선생님이 의아한 표정으로 물었다.

"네, 있습니다. 얼마 전까지 제가 바로 왕따였으니까요."

영포가 분명한 목소리로 말했다. 선생님은 그래도 못 믿겠다는 듯 고개를 갸우뚱하며 말했다.

"혹시 친구들끼리 약간의 다툼 때문에 서먹해지거나 서로 의견이 맞지 않을 때도 있는데 그것을 왕따라고 말하는 건 곤란하지. 그 정도는 어느 교실에서나 있는 일이야. 앞으로 왕따를 당했다는 말이 나오지 않도록 서로 배려하면서 생활하도록 해."

그다음 날부터 진식이는 말없이 교실 청소를 시작했다. 지저분한 쓰레기통을 깨끗하게 비우고, 걸레를 빨아서 창문과 바닥을 닦는 등 자신의 몸을 아끼지 않았다. 그런 행동을 옆에서 지켜보던 아이들은 더 이상 진식이를 놀리지 않았다.

69

진정한 일등

얼마간의 시간이 흐른 후 남호가 다시 학교에 왔다. 그동안 정신과 병원에 다닌 모양이었다. 아이들과는 한마디도 하지 않고 가만히 자리에 앉아 있었다. 가끔씩 "으…으" 하며 신음 소리를 냈고, 헛소리도 했다. 아이들은 남호 근처에 얼씬도 하지 않았다.

한편, 교장실에는 영포 엄마와 교장 선생님이 마주 앉아 있었다.

"아이구, 교장 선생님, 어쨌든 죄송합니다. 교장 선생님께서 저를 직접 찾으시는 걸 보니 우리 영포가 이번에는 큰 사고를 친 모양이네요."

영포 엄마는 교장 선생님의 이야기를 듣기 전부터 사과를 했다. 교장 선생님이 얼른 손사래를 쳤다.

"아이구, 아닙니다. 영포 어머니, 정반대입니다. 이번에 영포가 일등을 해서 의논도 할 게 있고 해서 뵙자고 한 겁니다."

"네? 우리 영포가 일등을 했다고요. 정말입니까?"

영포 엄마가 눈물을 글썽였다.

"아, 그게 영포 어머니. 제가 말씀드린 것은 성적 일등이 아닙니다. 이번 식물 가꾸기 경연대회에서 영포가 일등을 했다는 말입니다."

교장 선생님이 당황한 표정으로 말했다. 그 말을 들은 영포 엄마는 곧바로 풀이 죽었다.

"그럼 아무것도 아니잖아요, 성적 일등이 아니면 무슨 가치가 있겠습니까?"

"아닙니다. 그게 아니에요. 성적 일등도 중요하지만, 이번에 영포가 한 일등도 정말로 중요한 일등입니다. 영포는 식물을 재배하는 데 대단한 능력을 가지고 있습니다. 식물의 줄기를 손으로 잡아보고 식물의 건강상태를 알 수 있으니, 정말 대단한 능력 아닙니까? 어쩌면 초능력에 가깝죠."

"그런데 교장 선생님, 풀 좀 잘 키운다고 그게 뭐 대단한 건

가요? 공부를 잘해야 사람 구실을 하며 살지요."

영포 엄마가 시큰둥한 표정으로 말했다.

"아닙니다. 절대 그렇지 않습니다. 제가 지금부터 솔직하게 말씀드리겠습니다. 제 아들이 규모가 상당히 큰 유기농 농작물 회사를 운영합니다. 그래서 제가 그동안 보아온 영포 얘기를 했더니, 아들이 영포를 회사의 꿈나무 연구원으로 키우고 싶다고 연락이 왔습니다. 그래서 어머니를 이렇게 뵙자고 한 것입니다. 물론, 학교 공부하는 데는 방해가 안 되도록 하고 장학금도 지원해 주겠다고 합니다."

"그런 거 해 봐야 별것도 아니지 않습니까? 그것보다는 공부를 잘해야 출세를 하는데…."

영포 엄마는 여전히 시큰둥했다.

"아닙니다, 영포 어머니. 영포가 꿈나무 연구원으로 가서 열심히 노력하면 자기 적성을 살리면서, 성공할 가능성도 대단히 커질 겁니다."

교장 선생님의 확신에 찬 말에 영포 엄마는 조금 귀가 솔깃한 것 같았다. 성공할 가능성이라는 말이 어쨌거나 참 듣기 좋았다. 교장 선생님이 또다시 물었다.

"그리고 참, 꺾였던 토마토 줄기를 다시 살려낸 퇴비를 어디에서 가지고 온 건지도 여쭈어 보라고 하던데….”

“아, 그거요. 그 화상, 아니 영포 아버지가 맨날 똥인지, 미생물인지를 만지고 하더니 만든 겁니다. 저는 직접 보지는 못했는데 아마 좀 구리한 냄새가 날 겁니다.”

‘음…. 대단한 퇴비야. 영포 아버지가 대단한 걸 만드셨어.’

교장 선생님이 고개를 끄덕였다.

70

헤어짐과 만남

퍽!

“아이쿠.”

학교 한 모퉁이에서 6학년 일진들이 남호에게 주먹을 휘둘렀다.

“야, 이 자식아, 네가 찾아와서 통 사정을 했잖아. 너한테 까부는 놈들을 혼내주면 돈을 계속 주겠다고. 그런데 왜 돈을 제때 안 가지고 와?”

“그게 아니라 그동안 몸이 아파서….”

“몸이 아팠다고? 그럼 지금 돈을 주면 되겠네.”

“요즘 아빠 사업이 좋지 않아 용돈을 잘 받질 못해서….”

남호가 땅에 넘어진 채 더듬거리며 말했다.

"이 자식 공부 잘한다고 하더니 핑계 대는데 선수네 선수, 너 같은 녀석은 더 맞아야 정신을 차려."

퍽!

남호는 정신을 잃었다.

시간이 얼마나 지났을까? 남호가 눈을 떴을 때는 잔뜩 놀란 다혜의 얼굴이 보였다. 영포도 옆에 서 있었다. 흙투성이가 된 남호가 부스스 일어났다.

"아니, 이 피 좀 봐. 어떻게 된 거야? 누구한테 맞았어?"

다혜가 다급하게 물었다.

"아…아무것도 아니야. 내가 넘어진 거야."

고통으로 인상을 찌푸리던 남호가 아무렇지 않은 것처럼 대답했다. 그대로 몸을 털며 일어나던 남호가 잠시 영포와 다혜를 가만히 바라보았다.

"마영포, 그동안 미안했다."

영포가 깜짝 놀라며 남호를 보았다. 남호가 겸연쩍은 듯 얼굴을 문질렀다.

"내가 너를 괴롭힌 건 다른 이유도 있었지만, 사실은 내가 다혜를 좋아했거든. 그런데 나랑은 말도 제대로 안 하면서, 너

랑은 친하게 지내는 게 좀… 질투 나더라."

그 말을 들은 다혜의 얼굴이 빨개졌다. 남호가 어두운 표정으로 말을 이었다.

"이제 애들이 나한테 한마디도 안 하잖아. 그러다 보니까, 왕따를 당하던 네 마음을 조금은 알 것도 같고…. 좀… 후회스럽기도 하고."

남호가 작게 한숨을 내쉬었다.

"나 내일 시골로 이사 가. 사실 얼마 전에 우리 아버지 회사가 망했거든. 그리고 나도 아파서 치료를 받아야 해. 그래서 이사 가는 거야. 넌 나 안 보면… 기분 좋겠다."

남호가 씁쓸하게 웃으며 말했다. 영포는 바로 대답하는 대신 잠시 생각에 잠겼다. 한참 말을 고르던 영포가 머뭇머뭇 말했다.

"글쎄, 꼭 그런 건 아닌 것 같아."

남호가 의아하다는 듯이 영포를 쳐다보았다.

"지금 생각해보면, 너하고 나는 닮은 점도 많았던 것 같아."

"닮았다고? 뭐가?"

남호는 머리가 아픈지 인상을 쓰며 말했다.

"응, 둘 다 양쪽 끝에 서 있었던 거 말이야. 너는 이쪽 끝,

나는 저쪽 끝…. 극과 극은 통한다잖아. 그러니까 우린 서로 닮은 친구였어."

그 말을 듣던 남호가 피식 웃음을 터뜨렸다.

"야! 영포 너 성적 오르더니 진짜 똑똑해졌는데."

남호가 장난기 섞인 목소리로 말하자 영포도 쑥스러운 듯이 얼굴을 붉혔다. 그런 영포를 지켜보고 있던 남호가 부드럽게 웃었다.

"아니야. 지금 생각해 보니 영포 네가 진짜 똑똑한 애였어. 나는 친구들한테 버림받고, 엄마, 선생님, 모두에게 실망만 안겨줬잖아. 내가 진짜 어리석고 바보였어."

남호가 멀리 하늘을 보며 쓸쓸하게 말했다.

"전학 가서도 연락하며 지내자. 꼭 편지해."

그런 남호를 지켜보던 영포가 먼저 손을 내밀었다. 조금 망설이는 남호를 향해 다혜가 환하게 웃어주었다. 남호는 영포의 손을 마주 잡았다. 다혜의 손이 그 위에 포개어졌다.

다음 날, 남호는 떠났다.

그리고 대청소를 하던 선생님은 캐비닛 구석진 곳에서 스마트폰을 발견했다.

"이거 혹시 전에 잃어 버렸다던 호식이 스마트폰 아니야?"

"제 것 맞아요!"

호식이가 얼른 뛰어나와 휴대폰을 살펴본 뒤, 신이 나서 휴대폰을 들고 돌아갔다. 잠시 그 모습을 지켜보던 선생님은 한숨을 내쉬며 생각에 잠겼다.

'남호 그 녀석, 칠칠맞긴. 캐비닛 안을 좀 더 잘 살펴보지. 괜히 영포가 오해받도록 만들고 말이야. 어쨌든 그 녀석 생각을 하면 마음이 아프네. 전에는 무척 총명한 아이였는데…. 지금은 정신까지 오락가락 한다고 하니 걱정이야.'

엄마도 몰랐던 내 아이 이야기

선생님!

남호는 시골로 이사 와서 맑은 공기를 마시며 치료를 열심히 받고 있습니다. 제가 남호 치료 과정을 지켜보다가 새롭게 알게 된 내용이 있어서 이렇게 편지를 씁니다.

상담 내용을 보니까 우리 남호가 많은 아이들을 왕따시키고 상처를 줬더라고요. 특히 영포에게요. 지나, 규오, 상태, 진식이, 그리고 반 아이들에게도….

저는 남호가 왕따를 시키는 아이들의 중심에 있었다는 것을 꿈에도 몰랐습니다. 그냥 공부 잘하고 모범적이고 착하기만 한 아이인 줄 알았습니다. 처음에는 무엇 때문에 그런 행동을 했는지 이해가 되지 않았는데, 지금은 조금씩 남호를 이해할 수 있을 것 같습니다.

사실 남호가 그런 행동을 하게 된 가장 큰 원인은 바로 저 때문이 아닌가 싶기도 합니다. 돌이켜보면 저는 아이가 최고가 되기를 바라는 마음이 컸습니다. 공부를 잘하고, 반장이 되고, 상장을 받아오고 그렇게 결과가 좋을 때만 아이를 칭찬했지요. 그런 생활이 반복되다 보니 남호는 자기보다 잘난 친구가 나타나서 자기 자리를 뺏길까 봐 두려워했던 것 같습니다. 친절한 영표가 친구들에게 인정받는 모습이 불안했을 테고, 결국 자신이 모두에게 버림받고 왕따가 될까 봐 무서웠겠지요.

요즘 저도 아이들의 아픔과 불안, 왕따 문제에 관해 관심을 가지고 조금씩 배우고 있습니다. 사실 남호가 저렇게 되고 나서 이렇게 뉘우치고 공부해 봐야 무슨 소용이 있겠습니까? 하지만 이렇게라도 말하고 미안한 마음을 전해야 제가 조금이라도 마음이 가벼울 것 같아서….

선생님, 그래도 남호가 빨리 회복되고 있어서 다행입니다. 앞으로는 남호와 따뜻한 추억을 많이 만들 생각입니다. 눈을 감고 '엄마'라는 단어를 떠올리면 공부하라고 잔소리하고 나무라며 고함지르는 엄마가 아니라 '따뜻한 엄마'의 모습이 떠오르도록 해 주고 싶습니다. 좀 늦었지만, 지금이라도 우리 남호를 위해서 최선을 다해 볼 생각입니다.

그리고 선생님, 영포 엄마에게 꼴찌 엄마라고 무시하고 상처 주고 왕따시켜서 미안하다고 꼭 좀 전해주세요. 그리고 앞으로는 영포 엄마와 저, 그리고 우리 아이들에게 이런 일이 없었으면 정말로 좋겠습니다. 왕따 문제는 아이들만의 문제가 아니라 우리 모두의 문제인 것 같습니다. 우리 아이들을 괴롭히고 상처만 남기는 왕따 문제가 언제쯤 우리 곁을 떠날까요? 지금 창밖에는 나뭇잎이 계속 떨어지네요. 저 잎이 다 떨어지면 겨울이 오고 그다음에는 또 봄이 오겠지요.

편지의 마무리를 고민하던 남호 엄마는 창밖을 내다보았다. 그리고 고개를 돌려 남호가 노란 병아리 세 마리와 함께 마루에서 노는 모습을 지켜 보았다. 남꼬와 영꼬, 꼬꼬라고 이름 붙인 병아리들이 작고 노란 날개를 파닥이며 남호를 쫓아다녔다.

잠시 그 모습을 지켜보던 남호 엄마가 편지지를 한 장 더 꺼냈다.

참. 남호는 요새 병아리를 키우고 있습니다. 늦가을에 병아리를 키우는 일은 쉽지가 않군요. 처음에는 치료 차원에서 시작했는데, 남호가 병아리 키우는 것을 정말로 좋아해서 잘 시작했다는 생각이 듭니다. 이름은 남꼬와 영꼬, 꼬꼬인데요.

남호 엄마는 며칠 전의 대화를 떠올렸다.

"남꼬는 남호, 영꼬는 영포, 그런데 꼬꼬는 누구야?"

"…그냥 그런 게 있어요."

"왜 이름이 꼬꼬야?"

"…그냥 꼬꼬예요."

꼬꼬는 잘 키워서 영포에게 준다면서 아무도 못 만지게 해요. 옆집 아주머니가 꼬꼬를 보고 귀엽다고 만지려다가 남호가 달려드는 바람에 다칠 뻔했어요. 제가 가까이 가서 만지려고 해도 난리가 나요. 그래서 가까이 못 가고 웃으면서 멀리에서 보기만 합니다.
따뜻한 새봄이 오면 우리 남호도 예전처럼 학교로 돌아갈 수 있을까요? 그동안 상처가 깊었으니 회복하려면 시간이 오래 걸리겠지요. 얼마나 걸릴까요? 언제까지라도 기다려 주어야겠지요? 봄이 되면 남호와 함께 선생님과 친구들을 보러 놀러 가겠습니다.
빨리 봄이 왔으면 좋겠습니다.
선생님께서도 새봄이 빨리 오도록 빌어주세요.

- 남호 엄마 올림 -

며칠 뒤, 선생님은 교무실에서 그 편지를 천천히 읽고 있었다.

꼬꼬별 배지와 어깨동무 꼬꼬송!

선생님은 교실 문 앞에 서서 바람에 흔들거리는 세 개의 패찰을 한참 동안 멍하니 바라보았다.

'왕따·폭력 제로 반! 학력 최우수반! 급식 최우수반!'

'왕따·폭력 제로 반? 학력 최우수반? 급식 최우수반?'

마음속으로 패찰 내용을 반복해서 읽던 선생님은 마음을 단단히 굳혔다. 선생님은 의자를 디디고 올라가 그 패찰들을 떼어 냈다.

"선생님! 그거 왜 떼어 내세요?"

복도에 있던 아이들이 패찰을 떼어 내는 선생님을 보고 의아한 표정으로 말했다.

"이 패찰은 우리 반 것이 아니잖아. 그래서 교무실에 가져다 놓으려고."

선생님이 힘없이 말했다.

"선생님! 그거 우리 반 거 맞아요. 우리 반에는 왕따나 폭력이 전혀 없잖아요."

선생님의 소리를 듣고 교실에서 몰려나온 아이들 중 한 명이 말했다.

"아냐, 아냐. 내가 모르는 왕따가 있을지도 몰라."

선생님이 고개를 흔들었다.

"선생님, 진짜 우리 반에는 왕따와 폭력이 없습니다. 얼마 전까지는 있었지만요."

영포가 말했다.

"정말이냐?"

"네, 제가 책임질 수 있습니다."

영포가 단호하게 말했다.

"맞아요."

"맞아요."

여기저기에서 아이들이 말했다.

"좋아. 너희들이 그렇게 말한다면 선생님이 믿도록 하지."

선생님이 머뭇거리다가 고개를 끄덕였다.

"선생님 제가 다시 걸게요."

다혜가 패찰을 다시 걸었다.

"그럼, 이건 어떡하지?"

선생님이 학력 최우수반 패찰을 가리키며 말했다.

"그건…."

"…."

"선생님, 저 좋은 생각이 있어요."

지나가 말했다. 모두 지나를 쳐다보았다.

"그 패찰은 스스로 공부하는 우리 반으로 바꾸어서 달면 어떨까요?"

갑자기 나온 지나의 아이디어를 듣고 아이들이 너도나도 고개를 끄덕였다.

"그게 좋겠어요."

"지나 생각이 멋진 것 같아요."

많은 아이들이 찬성했다.

"좋아. 그렇게 하자."

선생님은 그제야 활짝 웃었다.

"선생님, 저도요!"

반장 진식이 쪽으로 아이들이 고개를 돌렸다.

"배지를 만들어서 다는 건 어떨까요? '왕따·폭력 예방 배지'요. 왕따와 폭력 같은 괴물이 언제, 어디에서 다시 생길지 모르니까요…. 물론 희망하는 아이들만 다는 거죠."

"그런데 그 배지를 달면 왕따가 없어질까?"

선생님이 아이들을 보며 물었다. 진식이가 자신 있게 대답했다.

"119 역할을 하는 거죠. 왕따를 당하거나 폭력을 당한 사람은 누구든지 배지를 달고 있는 아이에게 알리고, 그러면 배지를 단 아이들은 왕따 예방 특공대가 되어 모두 함께 그 아이를 구하고 친구가 되어 주는 거예요."

"허허, 녀석들. 좋아, 그러면 왕따·폭력 예방 배지의 모양은 너희들이 의논해서 스스로 만들어 보려무나."

선생님은 흐뭇하게 아이들을 보며 말했다.

미술 시간이 끝난 뒤, 5학년 2반 아이들은 달걀 껍질을 깨고 나오는 노란 병아리 꼬꼬가 그려진 배지를 가슴에 달았다. 꼬꼬가 가슴에 꼭 안고 있는 별에는 'NO 왕따', 'NO 폭력'이라는 말이 적혀 있었다. 다혜와 지나는 자신들이 만든 꼬꼬별 장식 핀도 머리에 꽂았다.

아이들은 자신들이 만든 왕따·폭력 예방 배지에 '꼬꼬별 배지'라고 이름을 붙였다.

"다음 시간은 체육이니까 운동장으로 나가도록 해라. 선생님도 체육복을 갈아입고 바로 따라 나갈 테니."

선생님의 말이 끝나자마자 아이들은 우르르 운동장으로 몰려나갔다. 영포가 아이들을 불러 모았다.

"얘들아, 내가 지은 '어깨동무 꼬꼬송' 한 번 들어 볼래?"

"어깨동무 꼬꼬송? 어떻게 부르는데? 한 번 불러 봐."

영포는 비행기처럼 양팔을 벌리고 노래를 부르며 운동장 가운데로 달려갔다.

영꼬야 영꼬야
너 어디 가니?
꼬꼬네 교실에
남호 찾으러 간다.

남꼬야 남꼬야
너 어디 가니?
꼬꼬네 학교에
진식이 찾으러 간다.

노래를 거기까지 불렀을 때, 진식이가 씨익 웃으며 영포처럼 두 팔을 벌리고 운동장 가운데로 달려갔다. 영포의 옆에까지 달려간 진식이는 아무 말 없이 영포에게 어깨동무를 했다. 이번에는 두 사람의 목소리가 운동장 가득 울려 퍼졌다.

진꼬야 진꼬야
너 어디 가니?
꼬꼬네 동네에
지나 찾으러 간다.
… 중략 …

지나, 상태, 다혜, 규오…, 점점 어깨동무를 한 아이들의 수가 늘어났다. 선생님은 창문 밖으로 아이들의 모습을 바라보며 흐뭇하게 웃었다. 그리고 아이들이 만들어 준 '꼬꼬별 왕배지'를 가슴에 달고 운동화를 신었다.

NO왕따
NO폭력
꼬꼬별 배지

부 록

1
편지
/
2
보고서

영포에게

영포야, 잘 있었나?
내 철식이다. 이번 겨울방학 때는 네가 온다고 너그 아버지가 카시던데. 우리 다 니 오는 것만 기다리고 있다. 그리고 얼마 전에 니가 다닌다카는 그 학교에서 아 한 명이 전학을 왔다. 이름이 김남호인데 니를 잘 안다 카더라. 그런데 걔 진짜 공부 못하데. 우리 학교가 일손 돕기 때문에 조금 늦게 기말고사를 쳤는데, 걔가 오자마자 시험을 쳤거든. 그런데 전 과목 빵점 받아서 전교에서 꼴찌했다. 시험지를 받으면 머리가 하얗게 되는 게, 걔는 이제 시험은 잘 칠 수 없는 병에 걸렸다고 하더라. 그러니까 걔는 시험이 다가와도 하나도 공부를 하지 않고 무조건 논다 아이가. 나는 걔가 부러워 죽겠다. 나도 걔 같은 좋은 병에 걸려서 무조건 놀고 싶다.

철식이가

꼬꼬에게

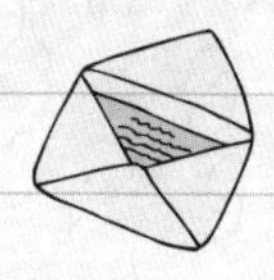

꼬꼬야 형아다.

형아는 지금 별님을 보고 있다. 잘 있지?

별님이 밝게 빛나는 걸 보니 잘 있는 모양이구나.

형아 이제 이번 학기만 지나면 시골로 다시 간다.

이번에 아버지가 만드는 미생물 티비와 초록 쿠키가 큰 성공을 거둔 모양이야. 그래서 그런지 엄마가 허락해 주셨어. 그리고 더 기쁜 것은 엄마가 공부하라는 말을 많이 안 한다는 거야. 그래서 요즘은 수업 끝나고 학원에 가지 않고 학교에서 애들하고 축구도 하고 놀다가 집에 가. 참, 얼마 전 아빠가 오셔서 네가 살던 닭장을 치웠어. 네 똥 냄새 때문에 한참을 울었어. 아빠도 너하고 함께 지냈던 이야기를 듣고 눈물을 글썽이셨어. 그 자리에는 너를 닮은 노란 꽃 화분을 올려놓았어. 그 꽃 위에 네 장식 핀을 꽂아 놓았단다. 시골로 가도 가져갈 생각이야. 네가 생각나면 별님도 한 번 보고, 그 꽃도 한 번 보고 할 생각이야. 오늘 우리 반 친구들과 축구를 많이 했어. 그래서 그런지 너무 졸리네. 그만 자야겠다. 꼬꼬야 너도 잘 자. 안녕.

영포 형아가

보고서

원장님께

안녕하십니까?

김석주입니다.

저는 이번에 왕따 문제를 연구하기 위해 마주초등학교 5학년 2반에 기간제 교사로 들어갔습니다. 이 반에는 꼴찌를 하는 아이가 왕따를 지독하게 당하고 있었습니다. 그 외에도 외모, 다문화 등 여러 가지 이유로 왕따를 당하는 아이들이 많았습니다.

제가 한 일은 자신의 문제를 스스로 극복할 수 있도록 도움을 주고, 그 과정을 지켜본 것입니다. 참으로 아이들의 생활도 어른 못지않게 힘들고 치열하더군요.

왕따의 이면에는 어른들의 무관심을 비롯해서 굉장히 복잡하고 어려운 문제들이 자리 잡고 있다는 것을 알게 되었습니다. 그러나 열심히 대책을 세우고 노력하면 언젠가는 해결될 날이 오지 않겠습니까? 왕따를 시키는 아이도, 왕따를 당하는 아이도 모두 맑은 눈을 가진 아이들이니까요.

학교를 떠나온 후, 가끔 아이들이 전해주는 소식을 듣게 됩니다. 5학년 2반 아이들은 스스로 'NO 왕따, NO 폭력' 꼬꼬별 배지를 만들어 달고, 왕따 예방 특공대가 되어 친구들을 도와주고 있다고 하는군요.

'어깨동무 꼬꼬송'이 울려퍼지는 운동장에서 행복하게 뛰어노는 아이들의 모습을 보며 저는 작지만 큰 희망을 보게 됩니다.

왕따와 학교 폭력 예방을 위한 '꼬꼬별 운동'이 전국으로 확산되기를 바라는 마음 간절합니다.

… 중략 …

제가 다음에 갈 학교는 오랑초등학교입니다.

며칠 전에 학교에 잠깐 들러 아이들의 상황을 살펴보고 왔습니다. 1학년 아이가 어깨와 양손에 가방을 주렁주렁 달고 뒤뚱거리며 걸어가는 모습이 안타까웠습니다. 자기는 '들어주고 싶어서 하는 일'이라고 말했지만, 저학년 아이들의 왕따 문제도 심각해 보였습니다.

원장님께서 이 보고서를 보실 때쯤이면, 저는 다시 폭풍의 한가운데에 있게 될 것 같습니다. 그럼 안녕히 계십시오. 다음에 또 보고 드리겠습니다.

- 왕따문제연구소 연구원 김석주 올림 -

꼬꼬야 울지 마! 왕따 마영포(제2권)

펴 낸 날 2017년 11월 15일
2쇄발행 2022년 5월 1일

지 은 이 이석선
펴 낸 이 최지숙
편집주간 이기성
편집팀장 이윤숙
기획편집 윤가영, 이지희, 서해주
표지디자인 이윤숙
책임마케팅 강보현, 김성욱
펴 낸 곳 도서출판 생각나눔
출판등록 제 2008-000008호
주 소 서울 마포구 잔다리로7안길 22, 태성빌딩 3층
전 화 02-325-5100
팩 스 02-325-5101
홈페이지 www.생각나눔.kr
이 메 일 bookmain@think-book.com

• 책값은 표지 뒷면에 표기되어 있습니다.
ISBN 978-89-6489-779-9 04810
978-89-6489-774-4 (세트)

• 이 도서의 국립중앙도서관 출판 시 도서목록(CIP)은 서지정보유통지원시스템 홈페이지(http://seoji.nl.go.kr)와 국가자료공동목록시스템(http://www.nl.go.kr/kolisnet)에서 이용하실 수 있습니다(CIP제어번호: CIP2017027707).